FISCHERHÜTTE

Karl-Heinz Lipok wurde 1921 in Rheinsberg/Mark geboren. Er war elf Jahre alt, als Hitler die Macht ergriff. Eine dubiose Berufsberatung steckte ihn 1938, als Sechzehnjährigen, in eine Uniform, die ihn bald erschauern ließ. Er beobachtete die Verbrechen des Anfangs. Nach elf Monaten zog er die Uniform wieder aus, was ihm nur durch den Tod des krebskranken Vaters gelang. Sechs Monate danach brach der Krieg aus. Im vierten Kriegsjahr wurde, durch Arglosigkeit, Dummheit sowie durch eine alte Akte, die Uniform der Wehrmacht gegen die der Waffen-SS ausgetauscht; für die letzten zwei Jahre des unbedingten Gehorsams, des Sterbens und der ungezählten Kilometersteine.

Mit 65 Jahren begann er zu schreiben. Auch sein Roman »Es war nur ein Lied … doch es wuchs zum Sturm« ist biografisch. ISBN 3-922514-12-X.

2003 von der World Writers Ass. London mit dem Europapreis für Literatur, Thema Zeitgeschichte, ausgezeichnet.

Karl-Heinz Lipok

FISCHERHÜTTE

Das Bild vom anderen Ufer

Eine deutsch-deutsche Erzählung

Bibliografische Information der Deutschen Bibliothek:
Die Deutsche Bibliothek verzeichnet diese Publikation in der
Deutschen Nationalbibliografie;
detaillierte Daten sind im Internet über
<http://dnb.ddb.de> abrufbar.

© 2006 Karl-Heinz Lipok
Satz, Umschlagdesign, Herstellung und Verlag:
Books on Demand GmbH, Norderstedt
ISBN 10: 3-8334-4711-7
ISBN 13: 978-3-8334-4711-2

Inhalt

Eine Geschichte ist nicht nur wahr,
wenn sie erzählt wird, wie sie geschehen ist,
sondern auch dann, wenn sie berichtet wird,
wie sie hätte geschehen können.

Johannes Mario Simmel

I Der Mann am See

Vor fünf Jahren, bald nach dem Tod seiner Frau Käthe, hatte Alfred Seliger seine gut gehende Bäckerei verkauft und sich zur Ruhe gesetzt. Zunächst suchte er Abwechselung auf Busfahrten. »Bleib nicht zu Hause sitzen«, hatte Käthe gesagt. Er sah Rom, Florenz und Paris, doch bald missfiel ihm diese Art zu reisen. Er wollte das Ziel selbst bestimmen und selbst am Steuer sitzen. Kurz entschlossen kaufte er sich einen Wohnwagen. Hing ihn an und träumte auf allen Fahrten, seine Käthi säße neben ihm. Fast vierzig Jahre hatten sie hart gearbeitet, jetzt belastete es ihn, die Früchte ihrer gemeinsamen Arbeit allein zu ernten. »Ich bin doch bei dir«, beruhigte ihn das Bild am Armaturenbrett. So zerstreute Käthi seine Bedenken, denn sie war's, die ihn immer wieder auf eine Reise schickte.

Als die Mauer gefallen war und die Deutschen nichts mehr trennte, da forderten die Straßen, die in die Mark führten, auch Alfred Seliger zum Besuch auf. ›Willst du immer in die Ferne schweifen, sieh das Gute liegt so nah …‹ Er fuhr einhundert Kilometer nach Norden, in das nicht vergessene, nur siebenhundert Einwohner zählende Dorf ›Fischerhütte‹. Das Ferienparadies der Eltern, die es mit der Schwester und ihm oft besucht hatten. »Auf Sommerfrische« haben sie gesagt und sich zufrieden gegeben.

Wegen des Standplatzes hatte der Fischer Franz Vielitz, ein Freund aus den fernen Kindertagen, mit dem Bauern Herbert Lenz verhandelt: »Unser alter Freund«, bat er den um einen Kopf kleineren, etwas rundlichen Mann, der sofort Spuren von Reifen und Stützen sah. »Mein bester Platz!«, jammerte er. »Eben deswegen«, stichelte der hagere Vielitz wie in der Jugendzeit. »Dein fetter Speck steht gegen meine Fische.«

»Staksiges Gerüst in ausgebeulten Cordhosen oder verblassten Jeans.« Lenz gab selten zurück, scheute dann aber kein Wort. Eines Tages murrte Seliger den Bauern an: »Warum kommt Franz nicht selbst? Natürlich soll er seinen Sommergast mitbringen, wenn der schon so gut wie zur Familie gehört. Warum fragst du?« Lässig stand der Siebzigjährige in der Tür des Wohnwagens, strich sich mit einer Hand über das Kinn, als prüfte er die Länge der Bartstoppeln; das Hemd stand offen, die Cordjacke hing locker auf den Schultern. Der gleichaltrige Herbert Lenz, ein Mann mit stärkerer Figur, einen Kopf kleiner doch um Gleichrangigkeit bemüht, winkte ab und antwortete: »Gehört sich aber so. Außerdem liegt mein Feld drüben, gleich hinter dem Wald; Franz legt seine Netze auf dem Dollensee aus.« Da er nur wegen dieser Frage gekommen war, und nur dieser Trampelpfad zu Seligers Standplatz führte, nahm er sein Moped wie ein Fahrrad an Sattel und Lenker, packte etwas kräftiger zu und drehte es um. Auch ein kleiner Motor besaß sein Gewicht. Nicht ohne Mühe hob er das rechte Bein, schob es mit dem schmutzigen Gummistiefel dicht über den Sattel, um sich hörbar darauf niederzulassen. Nach einem kurzen Tritt knatterte der Motor. Bauer Lenz fuhr an. Über die Wiese folgte ihm eine dicke blauweiße Fahne, die sich auf der Straße mehr und mehr verringerte.

Das Ausstellfenster im Heck hatte Seliger zu seinem Lieblingsplatz gemacht. Hier ging sein Blick von einer

Seite des Sees zur anderen, wo hinter einer Brücke ein Kanal einlief. Die Bilder glichen denen vor fünfzig Jahren: tausend kleine Spiegel blinkten auf dem Wasser; die Wiesen, die Blätter an Büschen und Bäumen leuchteten maigrün. Vor diesem Bild hatten sie den Wohnwagen zu ihrem Treffpunkt gemacht. Was suchten sie im Gasthaus?

Nur fünfzig Meter weiter zogen Schwäne, Wildenten und Blesshühner vorbei. Hin und wieder jagte ein Bootsmotor sie für wenige Flügelschläge hoch, oder sie flüchteten ins dichte Schilf. Vier Seen trugen zum Namen wie zur verstreuten Ansiedlung des Dorfes bei. Kanäle verbanden das Seenkreuz. Ein kleiner Fluss zog mit wenigen Windungen und kaum sichtbarer Strömung durch Kiefernwälder und Wiesen. Schon die frühen slawischen Siedler werden hier gute Lebensbedingungen gefunden haben.

Franz Vielitz hatte ein Zimmer als Ferienplatz an die Gewerkschaft vermietet. Das ergab keine große, aber eine regelmäßige Einnahme. Morgen Abend will er nun seinen Hausgast in den Kreis der Wohnwagenfreunde einführen. Einen Lehrer und Genossen; einen armen Kerl, dessen Frau mit 'nem Brummifahrer durchgebrannt war. Die wusste wie sie rauskam, sie ließ ihn einfach sitzen.

Für Alf Seliger dauerte der Sommer bis Ende September, so lange das Wetter es zuließ, und er es langsam als ungemütlich empfand. Die verheiratete Tochter hatte einmal in der Woche nach der Wohnung gesehen und ihm die Post nachgeschickt. Alf vermied es, sie mehr als notwendig zu beanspruchen. Doch seine

Weltabgeschiedenheit erwies sich gerade in Fischerhütte als eine nur scheinbare. Hier stand er mehr im eigenen Leben als in der Stadt. Hier lenkte ihn nichts und niemand ab, zu zeichnen und zu malen. Die Hobbys waren im Leben des Bäcker- und Konditormeisters zu kurz gekommen. Selbst am Sonntag nagte der Kuchenverkauf an den wenigen freien Stunden. Jetzt geben seine Bilder die Natur wieder, wie Gott sie geschaffen hat. Alf veränderte nichts, weder Mensch noch Tier; er beobachtete die Nachbarn im Dorf, ihre betenden oder nur leicht bewegten Lippen während des Gottesdienstes; die Menschen im Gasthaus, beim Essen oder am Stehtisch neben der Theke. Einige nannten ihn einen komischen Kauz, dem die Bartstoppeln als Kalender dienten. Strich er sich über das Kinn, erriet er den Tag: Am Sonntag rasierte er sich, am Montag las er noch die Stunde ab, am Dienstag nur ob Vor- oder Nachmittag, während ihm, für den Rest der Woche bei wachsender Ungenauigkeit, nur der Tag zu erraten blieb. Zu diesem Zeitmesser griff er auch, wenn die Stunde ihm gleich geblieben war, da er für Stift oder Pinsel ein besonderes Motiv gefunden hatte. Stellte er auch keinen Außenseiter dar, reichte es zum etwas kauzigen Witwer.

»Donnerstag«, murmelte er vor sich hin und verwünschte das Rasieren. Ebenso könnte er dem Herrgott danken, die Prozedur erst am dritten Tag vollziehen zu müssen. Er stand auf, schloss den Wagen ab; das Licht der sinkenden Sonne lockte ihn zu einem Spaziergang. Alf wanderte zum nächsten See. Am Kanal entlang sind es zwei Kilometer. Das hatte er als Junge abgeschritten. Danach könnte er Appetit haben, im Gasthof ein mit

Wurst belegtes Bauernbrot zu essen. Das reichte für die Nacht.

»Von der Hausmacherwurst?«, fragte Frau Winter, die Wirtin. Sie nahm an, er werde ihr ein Ja kurz zunicken. Sie irrte sich. »Ja bitte«, antwortete Alf. »Wenn man allein lebt, dann weiß man sehr wohl, wessen Wurst am besten schmeckt.«

Die Frau erinnerte sich des Namens: »So allein sind Sie nicht, Herr Seliger. Sie haben Freunde.«

»Das stimmt schon. Gerade hier, im kleinen Fischerhütte fühle ich mich weniger allein, als in der Stadt mit ihrem Getümmel. Können Sie mir das Geheimnis verraten?«

Die Frau zögerte. Konnte sie dem Alten sagen, was sie dachte? Sie entschied sich für eine offene und ehrliche Antwort: »Die Jahre des Mangels, des Zwanges und der Unfreiheit, die haben uns graviert. Sie haben die Beziehungen der Menschen zueinander verstärkt, weil einer den anderen gebraucht hat oder sogar auf ihn angewiesen war.«

Alf Seliger hob die Brauen und sah mit staunenden Augen zu der Frau: »Da liegt ’ne Menge Wahrheit drin.« Er nickte kurz. »Das gehört wohl zu den Dingen, die wir Ihnen erst nachempfinden müssen. Wird noch ’n Weilchen dauern.« Ihre Blicke trafen sich und tauschten gegenseitige Achtung aus.

»Bringen Sie mir bitte auch ein Bier.«

»Aber gern«, klang es heiter zurück.

Von der Stunde an sah sie in dem Wohnwagenurlauber, der kein Zimmer mietete, der nur gelegentlich zum Essen kam, keinen komischen Kauz mehr.

II Ein ehemaliger Genosse

Harald Steffen«, stellte Vielitz am nächsten Abend dem Freund der letzten Urlaubsjahre vor.

Der stoppelbärtige Seliger nahm die Hand des neuen Gastes mit verhaltener Freundlichkeit. In seinem Kopf stand der Gedanke, wir werden schon sehen, was mit dir los ist. Da aber die Politik ihn manchmal gehörig brummen ließ, bat Franz mit einem Blick: der wird den Himmel über uns nicht trüben, hab etwas Geduld.- Der vierzigjährige Steffen trug einen hellgrauen Freizeitanzug mit rotem Schulterbesatz. Ein sportlicher Typ, mittelgroß, mit kurzem Haar und grau schimmernden Schläfen. Die Befangenheit der ersten Minuten ließ ihn verlegen lächeln. Ohne seinen Freund Franz befände er sich jetzt nicht hier. Der Duft des nahen Tannenwaldes und der blühenden Wiesen tränkte die Luft des Abends. Unter dem Vorzelt standen schon Gläser und eine Flasche Wein bereit. Auch Alf hatte sich vorgenommen, dem Freund des Fischers den Eintritt zu erleichtern, doch in der ersten Stunde, da wartet man noch ab.

»Lassen Sie uns kurz zum Wasser gehen«, bat Harald Steffen höflich und begründete: »Das Abendlicht bietet dort den schönsten Blick. Jeden Abend stehe ich irgendwo ein paar Minuten am Ufer.«

Alf stimmte sofort zu. Er kannte den Blick seit Jahren. Einen Naturliebhaber hatte er allerdings nicht erwartet. Indes Herbert sich die Hose am Bund hochzog, schluckte der Fischer. In seinem schlanken Hals tanzte der spitze Kehlkopf, das schmale Gesicht schien länger zu werden, die grauen Augen bestaunten den Umgang, mit dem die beiden sich begegneten. Bis zum letzten Meter traten sie ans Ufer. Unter den tief hängenden Ästen einer alten Linde genossen sie den Blick auf den abendlichen See.

»Ein besonderes Ufer dort drüben«, meinte der Lehrer.

Alf entdeckte eine gemeinsame Vorliebe: »Sie kennen sich hier gut aus«, antwortete er. »Erst ein bewaldetes Ufer gibt einem See das besondere Bild. Mischwald ist dafür besonders geeignet; der Unterschied in Höhe und Farbe zieht das Auge an.« Er nickte und bejahte die eigene Feststellung: »Bei gleicher Größe glich das Ufer 'ner Bürste. Das wäre kein schönes, eher ein unechtes Bild der Natur.«

»Sie malen?«, fragte der Lehrer interessiert.

»Meine Staffelei stand auch schon an dieser Stelle.«

»Als junger Bursche begann ich zu fotografieren. Leider blieb es dabei. Es schult zwar auch das Auge, doch nicht so intensiv; der Maler erarbeitet alles nacheinander, jedes kleine Detail.«

Als beide, mit ihrer aus verschiedener Zeit stammenden Liebe zur Landschaft, sich mit bedächtigen Schritten wieder dem Wagen näherten, da lächelte der Fischer zum Bauern. Was er befürchtet hatte, das trat nicht ein; seine Bedenken erwiesen sich als unbegründet. Er legte die Kissen auf die Campingstühle. Ob sie Bier oder Wein tranken, das entschied allein die Bedeutung des Abends. Bier schenkte jede Dorfgaststätte aus. Alfs Wein dagegen, den hatten bisher alle Gäste einen edlen Tropfen genannt. Und Harald, der von ihren Abenden nur gehört hatte, bestaunte den Wohnwagen als eine bewundernswerte Einrichtung.

Vielitz spitzte St unf Sp zum spitzen Stein und sagte: »Mal spielen wir Skat, mal klönen wir 'n bisschen. Is ja ooch immer wat to snäggen. Da hörst schon mal 'n Wort in Platt. Meckl‹nborg, dat is jo dichte bi. Und stellt euch vor, 'n paar von die ganz Schlauen nennen uns die Wohnwagenphilosophen; wat willst dazu säggen?« Er folgte seiner inneren Stimme, nahm sein Glas und sagte: »Vielen Dank für die Aufnahme meines Freundes. Trinken wir auf die guten Bräuche dieses Wagens.« Doch er unterbrach sich sofort und zog jene Angel aus dem Wasser, mit der er zwei Fische zugleich an Land zu ziehen hoffte: »Für den ersten Tag hab ich's mir nicht vorgenommen, aber dies ist unsere Stunde. Ihr müsst Brüderschaft trinken. Ihr seht doch beide in Fischerhütte eine Wahl- oder Urlaubsheimat. Bei uns hat es das Sie kaum noch gegeben. Wir sollten es nicht neu einführen, jedenfalls hier bei uns nicht.« Franz hätte gern mehr gesagt, doch die anderen nahmen ihre Gläser. Ein neues, keinesfalls alltägliches Gefühl führte sie aufeinander zu. »Harald«, nannte der Biologie- und Zeichenlehrer, ein ehemaliger SED-Genosse, seinen Vornamen. Er hatte es selten so gern getan.

»Getauft wurde ich Alfred, doch ich werde den Alf nicht mehr los. So ist es, seit ich denken kann.«

»Wollen wir es nicht dabei lassen? Prosit Alf,« bat Harald, noch einen Schluck zu trinken.

Als die Gläser wieder auf dem Tisch standen, strich Alf über die Bartstoppeln und resümierte: »Eine bittere Wahrheit ist, dass jeder Mensch nur eine Jugend besitzt.« Er lehnte sich in sein Kissen und fuhr fort: »Wenn ich nur das Kanalstück zum nächsten See entlanglaufe, dann sehe ich meine Eltern und meine Schwester: Vater rudert, Mutter steuert das gemietete Boot; in der Tasche liegen belegte Brote, die Thermosflasche steht daneben. In jeder Kleinigkeit erkannte man ihre Liebe. An sich dachte sie zuletzt. Wo jetzt die Stämme zu Flößen verbunden werden, da haben wir gebadet. Vater starb kurz vor dem Krieg an Krebs. Die Schwester wurde ganze dreiundzwanzig Jahre alt. Ein Halsabszeß. Es schien allen unfassbar, wir konnten oder wir wollten es nicht glauben. Franz hat beide gekannt. Noch heute suche und finde ich sie, grade hier in Fischerhütte, obwohl ich inzwischen Rentner geworden bin.«

Harald spürte den Schmerz des anderen und wechselte das Thema. Er hatte von den Reisen des neuen Freundes gehört und fragte, ob es wirklich so schön und reizvoll sei, die Ferne zu erkunden?

Seliger erzählte von einer Frau: »In Amerika träumt sie vom Dorf in der alten Heimat, vom Haus der Großmutter und den grünen Wäldern. Kommt sie nach Deutschland, so träumt sie den anderen Traum, den der feuerroten Felsengespenster am Rande der Wüste von Nevada.«

»Was lebt stärker in ihr?«, fragte Harald. »Die alte oder die neue Heimat? Sie muss sich entscheiden, will sie nicht unglücklich werden. Doch ist dieser Vergleich nicht etwas kühn? Wir haben durch das Fernsehen immer nur geträumt, irgendwann einmal rauszukommen, für ein paar Tage wenigstens.«

»Warte die Zeit ab. Das Fernweh erfasst uns alle. Und immer lernen wir Menschen kennen, die wir nur ungern wieder verlassen, weil wir Freunde geworden sind.

Besondere Freunde meine ich. Solche Gefühle werden von der Sorge begleitet, sie vielleicht nie wiederzusehen. Meine Freunde leben in Nord- und Südamerika, in Südafrika wie in Schweden und der Schweiz. Jeder Besuch vertieft die Freundschaft und lässt jene Sorge aufkommen. Sehnsucht zieht uns in die Ferne, den Abschied spürst du bald nach der Ankunft.«

»In Süd- und Nordamerika?«, drängte es den Lehrer zu fragen.

»Sie hatten als gute Deutsche in Deutschland gelebt und wurden trotzdem gezwungen, das Land zu verlassen.«

Harald erkannte wieder einmal, umdenken und noch manche Lücke schließen zu müssen, wollte er seine Zukunft weiter im Schuldienst sehen. Die alten Lehrpläne …? Wenn das auch seine Fächer weniger betraf, er brach den Gedanken ab und fragte mit Bedacht: »Du hast Menschen kennen gelernt, die damals gezwungen wurden Deutschland zu verlassen?«

»Zumindest einen, durch ihn lernten wir die anderen kennen.« Alf schlug vor, später darüber zu sprechen. Es wäre kaum sinnvoll, am ersten Tag … »Was bleibt uns für morgen?«

Harald billigte den Einwand, erkannte jedoch, dass es auf der Welt mehr Unterschiede gab, als den zwischen Fotografen und Malern. Ihre Schule hatte den Kindern Dinge gelehrt, die sie besser wieder vergessen. Das belastete ihn. Suchte er das rechte Wort, oder nur den Mut es auszusprechen? »Es war das Schicksal eurer Generation, gerade für den Mann in den Krieg zu ziehen, der ihnen nach dem Leben getrachtet hatte!«

»So kann man's, so muss man es sehen. Als ich meinem jüdischen Freund das Gefühl einer Mitschuld gestand, fragte er überrascht ›Du auch‹? Wir hatten ihm den Raum für seine Verbrechen erobert! Das macht mitschuldig und ergab 1945 die ersten Selbstvorwürfe. Langsam, stückweise haben wir es erfasst – und anerkannt. Die Pimpfe der dreißiger Jahre zog's hinein: ›Führer, Volk und Vaterland‹! Für die Jungen Pioniere hieß es: ›Immer bereit‹. Einen Unterschied sehe ich nicht. Beide Male hatte die Erziehung der jugendlichen Seele eine Hornhaut wachsen lassen, mit der es kaum möglich war, das Leid des Nachbarn zu erkennen. Die Letzteren trifft die Mitschuld schwerer. Was hatte man aus Hitlers Diktatur gelernt? Das ›Nichtsgewusst‹ und das ›Nach mir die Sintflut‹ schufen neue Blindheit; man sterilisierte die nächste Generation: Doch ›Wer Kinder in die Welt setzt, der kann nicht der Letzte sein‹! Oder: ›Die Sorge um die Jugend ist keine vorübergehende, sondern eine immer währende Aufgabe. Jugend gehört zur Jugend‹, sagte man; aber mit welchem Hintergrund?«

Harald fand zum alten Thema zurück: »Trotz allem eine echte, tiefe Freundschaft – für beide Seiten?« Mit Bedacht sagte Alf: »Vielleicht gerade deshalb …?« Er ließ den Blick nicht vom anderen ab und sprach, als ging es gegen den eigenen Willen: »Ich suche selbst noch nach der rechten Erklärung. Mein Freund hätte Priester werden sollen. Rabbiner, er besaß die Kraft dazu. Sie sehen in die Zukunft und verzeihen, ohne die Leiden ihrer qualvollen Vergangenheit zu vergessen. Sie haben viertausend Jahre immer wieder verziehen. Da wird mancher zum Priester. Wie heißt es im Vaterunser? … und vergib uns unsere Schuld wie wir vergeben unsern Schuldigern‹. In diesem Satz findest du die Antwort. Wir Deutsche betrauern sehr wohl die Folgen unserer Fehler. Wir kennen sie nämlich! Unternähmen wir besser etwas gegen die Ursachen, gegen ihre Erreger! Doch die verbergen wir hinter müden Augen und unsauberen Zungen!«

Harald sah eine bauchige Flasche. Er kannte die Form nicht. Überraschung stand in seinem Gesicht. Mit einem Lächeln erklärte Alf: »Bocksbeutel, ein Frankenwein, den wir vom ersten Abend an trinken. Bisher hat er allen gut geschmeckt, jedenfalls hier im Wohnwagen.«

Als der Maler den Fotografen bat, mit ihm in den Wagen zu kommen, um ihm etwas zu zeigen, da scherzte Franz: »Zwei Mann für eine Flasche?« Er kannte Alf am längsten, der durch seine Rückkehr nach Fischerhütte das Scherzen der Jugend neu belebt hatte. »Wein wird nicht mit dem Netz gefangen«, lautete Alfs contra; der dürre Fischer gab eins drauf: »Dat is aber schade, sehr schade sogar, dat sägg ick.«

Der Maler stellte seine Staffelei in die Mitte des Wagens: Das Bild vom anderen Ufer. »Irgendetwas fehlt«, tadelte er sich und blieb mit sich selbst unzufrieden. »Aber was? Sag mir was?« Die Stimme verriet sein Suchen und eine seltene Ratlosigkeit. Nach einem letzten Blick wiederholte er: »Sag mir was fehlt?«

Bewusst vermied der Lehrer ein zu schnelles Urteil. Er trat einen Schritt zurück, neigte den Kopf nach links und rechts, um das Bild aus verschiedenen Perspektiven zu betrachten. »Mach's fertig. Das ist alles, was fehlt. Selbst das Halbdunkel hier im Wagen löscht nichts aus, eher fordert es zum Suchen auf. Sogar die Farbtöne der nur vorgezeichneten Stellen sieht man im Voraus. Das gibt es sonst nur in der Musik.« Das Auge des Fotografen wies auf die Details der Landschaft: »Dort, das dunkle Grün der alles überragenden Tannenspitzen. Daneben der zarte Gelbstich im frühlingshaften Grün der jungen Buchen, die beiden Birken mit ihrem aufgebrochenen Weiß vor dem Dunkel des Waldes, in dem Kinder Hänsel und Gretel suchen könnten. Mach weiter. Der Fotograf knipst im Sekundenbruchteil. Die Feinheiten aber, die du einzeln erarbeitest oder betonst, auf die kommt es an; sie bringen den Vorgang, den es für das Foto nicht gibt.« Harald überzeugte. »Wenn auch wir Auge und Gefühl einsetzen, so steht der Maler der schaffenden Kunst weitaus näher als der Fotograf.«

»Danke«, antwortete Alf. Der geschulte Blick des Freundes hatte ihn überrascht. »Du hast auch Zeichenunterricht gegeben?« Der Besucher nickte und sagte bescheiden: »Das auch.« Alf nahm die zweite Flasche, legte Harald eine Hand auf die Schulter und schob ihn freundschaftlich unter das Vorzelt.

Als Seliger die Gläser füllte, begann er aus der Jugendzeit zu erzählen. Als pfiffiger Berliner hatte er die Idee, mit Franz in die Kreisstadt zu radeln, das Rad an den Zaun des Flugplatzes zu stellen, auf den Sattel zu steigen und den Betrieb der neuen Luftwaffe zu beobachten. »Denkste. Die ließen sich von uns nicht in die Karten kucken. Als Ersatz stiegen wir im Kirchturm hoch, die letzte Etappe auf Leitern. In der Spitze gab es dann kein Fenster. Aber oben war‹n wir. Franz hatte das nicht besonders gefallen, der hätte lieber im Angelkahn gesessen, um die Fische vor und in den Schilfgürteln zu zählen.

Oft haben wir geangelt, oder bei der fünf Kilometer entfernten Jugendherberge an Schwimmwettkämpfen teilgenommen. Der damaligen ›Staatsjugend‹ stellte man das als die ›Neue Welt‹ vor. über einem Sommer hatte ein Schatten gelegen: Bevor ich beim Fußballspiel ein Tor schießen konnte, stießen Franz und ich hart zusammen. Meine Nase hörte kaum auf zu bluten, dazu 'ne Gehirnerschütterung … Drei Wochen hab ich im Bett gelegen und zwei Karl May gelesen. Sein Schädel hielt den Bums aus. Wenig später starb mein Vater, und Mutter bekam noch andere Sorgen. Den Krieg. Fünf Jahre hat sie um mich gebangt. Danach starb meine Schwester. Mutter besaß doppelten Anlass, Fischerhütte, den Ort unseres stillen Familienglücks, zu meiden. Im Sommer siebenundvierzig ging sie mit mir in den Westen. Sehr schwer fiel ihr der Abschied von den Gräbern, doch sie war fest entschlossen, mir den Weg in eine zweite Diktatur zu ersparen; sie fürchtete einen erneuten Missbrauch junger Menschen, der ja nicht auf sich warten ließ. Dafür werde ich ihr ewig dankbar sein. Mein Leben stand vor ihrem Schmerz und ihren Erinnerungen.«

Sie zogen Pullover oder Strickweste über, Alf setzte den Propanofen in Betrieb und schenkte Wein nach. Wegen des Mondlichts auf dem See ließen sie das Vorzelt auf. Harald hatte der Erzählung stumm zugehört. Was konnte er hinzusetzen? Nach dem Ende ihres Staates besaß er zunächst wenig Hoffnung. Auch er dachte zurück: »Als alter Sozialdemokrat konnte mein Vater nicht schweigen. Drei Jahre hat er im KZ gesessen. Nachdem der Krieg immer mehr Opfer gefordert hatte, holte man auch ihn. Aus russischer Gefangenschaft kam er als Kommunist zurück. Und wir, meine Schwester und ich, wir sind ihm gefolgt. Gab's eine Alternative? Uns ging es wie den Arbeitslosen 1932. Wir haben ehrlich an die neuen Ideale geglaubt und auf eine bessere Zukunft gehofft.«

Die Teilung der Heimat, das unterschiedliche und doch gleiche Schicksal schien sie zu verbinden: Die Achtung vor dem Leben des Anderen. »Was wäre aus mir geworden, wenn Mutter nicht …?«, fragte Alf. »Und wenn heute einige etwas ›Doch Gutes‹ am Gestern finden, dann denke ich an den ersten russischen Winter; selbst dort konnte man ein ›Ja, aber. Arbeit und Brot für sechs Millionen Menschen hören‹. Später hielt manchem Plenni nur eine Schnur die knopflose Wattejacke zusammen, an der ein leeres Kochgeschirr baumelte. Vielen verkrüppelte der Frost die Füße. ›Ja, aber! Keiner sollte hungern und frieren‹, das hatte man propagiert. Welch ein Hohn! Hitler hatte von Anfang an einen Krieg im Kopf, nur wollt's keiner glauben. Und wenn es heute nicht so schnell vorwärts geht, dann heißt es unter den Eingemauerten von gestern: ›Ja, aber! Nicht alles sei schlecht gewesen.‹ Gebt Acht! Jede Diktatur besitzt ein Zuckerbrot, und das schmeckt süß. Lasst mich mahnen: Werdet nicht zuckerkrank, wie wir es gewesen sind!« Alf beabsichtigte nicht, billig über Harald zu triumphieren. Kein Halbgott konnte ihnen die Jugend zurückgeben, weder Hitler noch Stalin! »Niemand hat das Recht, dir Vorwürfe zu machen, wenn du keinem Nachbarn geschadet hast! Darauf kommt's an! Wer drin saß, der musste die Ohren anlegen.«

»Das sagst du«, antworte Harald wie der Wanderer zwischen den beiden Welten.«

»Wir hatten als Kinder auch an etwas geglaubt. Aber nachdem der Krieg Millionen Tote gefordert hatte, da lässt man sich ein zweites Mal einwickeln? Prüfe, ob das Wort ›Sogenannte DDR‹ wirklich als westliche Propaganda anzusehen war.«

»Wir haben nicht gewusst, was daraus entsteht.«

»Wir auch nicht. Doch womit gehen die Menschen zur Vorsorge und zur Früherkennung, mit dem eigenen Ich, oder mit der Zukunft ihrer Kinder? Das frage ich nicht zum ersten Mal. Muss man das im deutschen Vaterland immer wiederholen?« Alf verglich die Bilder: »Beide Male hatte es klare Anzeichen gegeben: Bereits 1931 sang die Straße vom Judenblut, das von Messer spritzt. Auch der Haifisch besaß in jenen Tagen schon seine Zähne! Bis zum 9. November 1938 kannte jeder Deutsche drei Ortsnamen: Dachau, Sachsenhausen und Buchenwald. Und seht das sowjetische Pendant: Bedenkt die Qualen der Eingepferchten in Gefängnissen und Zuchthäusern. – Solschenizyn: ›Um nichts geringer als Maidanek und Auschwitz! Ein Schluck genügt, um zu wissen wie das Meer schmeckt‹! – Die Sozialisierung der Landwirtschaft und die Säuberungsaktionen hatten Stalin schon in den 20-er Jahren zum Massenmörder gestempelt! Eine Demokratie von seinen Gnaden? Das wäre eine Traumtänzerei! Die Währungsreform von 1948 nutzten seine Vasallen, ein zweites Deutschland zu etablieren. Die drei Buchstaben DDR bewiesen sein Diktat! Leider geht uns der doppelte Konsonant DD, leichter über die Lippen als SBZ. Mit auferstehen haben sie geprahlt aber neunzigtausend DM-West für die Freiheit eines Menschen verlangt. Welch ein Merkmal in unserer Geschichte? Die ganze Palette, vom Gulag bis zur Stasi, wir kennen sie und verniedlichen sie nicht, wenn es kein Niewieder geben soll!«

»Trotzdem konnten wir nicht alle abhauen!«, konterte Herbert Lenz. »Versetz dich in unsere Lage: Hier arbeiten, mit der Glotze in die Ferne sehen, das war's. Dagegen wehr dich, wenn du kannst. Ich konnt mein Land, Acker und Wiesen, nicht huckepack nehmen und abhauen. Wir hängen am Erbe unserer Väter. So ging es vielen Menschen, wenn sie fleißige Eltern und Groß-eltern besaßen. Wer trotzdem ging, der tat's für seine Kinder. Wir mussten sehen wie wir durchkamen; recht oder schlecht. Manchmal sehe ich euch an unserer Stelle. Was hätte die Wiedervereinigung mit einem Brachacker-Deutschland gekostet? Denk mal nach!«

»Stimmt«, stellte Franz sich an Herberts Seite. Er kannte das Gewicht des rechten Wortes. »Seid froh, dass wir es ertragen haben! Wem diente euer Handel, euer zinsloses Darlehn für Herrn Ulbricht, in den ersten fünf-undzwanzig Jahren? Euren Geschäften, uns bestimmt nicht. Alle Waren erster Wahl gingen in den Export. Ihr habt gekauft, was man uns vorenthalten hatte. Wo-her kamen die Unmengen an Stacheldraht? War's der Gegenwert für unseren Rüdersdorfer Kalk? Wer stand als Wellenbrecher in diesem roten Meer? In diesem Teil Deutschlands lag unsere ganze Arbeit, unser Schweiß, unser Leben und unsere Liebe. Die Mauer erzeugte in uns, zwangsläufig oder zum Trotz, ein Ersatzvaterland! Das bringt uns dazu, noch heute DDR zu sagen, was es im Sinn des Wortes nie gegeben hat!«

Alf schaltete sich ein: »Aber Menschen aus dem Osten

haben einen langen Tunnel gegraben. Sie schleppten tausende Eimer Sand oft im Kriechen fort, – um eine Demokratie zu verlassen? Die waren doch nicht blöd!«

»Vom echten Vaterland hatte man uns getrennt und eingemauert, obwohl jeder Mensch ein Recht auf das ganze Land seiner Väter besitzt,« ergänzte Herbert seine Vorrede: »Wir erinnern uns sehr wohl, sogar Frauen haben sich aus dem zweiten Stock in die Sprungtücher der Feuerwehren gerettet, allein um freie Menschen zu sein! Marx und der Kommunismus dienten zur Tarnung des alles raffenden Bolschewismus Lenins und Stalins, deren Machthunger nicht einmal vor dem Rasierpinsel des Dorffrisörs Halt machte!« Herbert atmete schwer und beendete seine Worte: »Es bleibt immer dasselbe: Die Gesetzgeber und das Volk!«

Alle drei schwiegen. Jedes weitere Wort verlangte wieder eine Antwort. Doch in diese Stille setzte Alf im Sinn des Freundes fort: »Nichts und niemand ist vollkommen. Der Mensch braucht Zeit. Und wenn die Menschen hier diese Zeit bekommen, dann haben sie eine gute Chance, einmal auf der Seite zu stehen, auf der mehr Freiheit zu finden ist.« Nach einem Augenblick sagte er seinen letzten Satz: »Lasst uns weiter hier im Wohnwagen sitzen. Wenn auch nicht alles Gold ist was glänzt, wir lernen miteinander umzugehen.«

»Um öfter einen Fisch aus dem Wasser zu ziehen. Wenn du das meinst, dann will ich dir gern helfen.« Franz spaßte wieder, doch in seinen Scherzen lag auch ein Stück Wahrheit: »Also der Harald hier, der war ein ehrlicher, ein Edelkommunist, so hatte man früher gesagt. Das Wort sei nicht ganz vergessen! Er hat daran geglaubt, vielleicht etwas blind oder einseitig, aber er blieb ohne Ellenbogen, ohne Heimtücke. Er hat niemandem einen Schaden oder ein Leid zugefügt! Er hat mit mir Netze ausgelegt und eingeholt, er ist mit uns nach Neustrelitz ins Theater gefahren. Das wollt ich nur sagen. Und lassen wir das Gerede von Ossi und Wessi, ein Scherz der ersten Zeit. Die liegt hinter uns, oder ick sägg all‹ns Tütenkram.«

Franz erhielt Zustimmung, und Alf sagte, er freue sich über jeden Besuch. Sie tranken ihren Wein aus. Das Zelt stand noch immer offen, obwohl die kleine Heizung die feuchte Luft des Abends nicht mehr bezwang. Sie verabschiedeten sich. Des Bauern Moped knatterte, sein Hof befand sich am anderen Ende des Dorfes, die Fischerei lag nur fünf Minuten entfernt.

Noch einmal stand Alf am See. Im Wasser blinkte kein Mond über dem Scherenschnitt des Waldes drüben. Ein nebelverhangenes Dunkel verbarg die Sicht. Es vertagte Hoffnungen und Wünsche in die Ferne; nur was näher lag, das hob sie bis zum nächsten Morgen auf. Fischerhütte barg nicht nur Erinnerungen; Menschen und Bilder erhoben sich, ihre Hoffnungen, ihre Sorgen. Es gab Begegnungen, die man nicht mit der Leichtigkeit eines Schulterzuckens ablegte. Das Froschkonzert verringerte sich zur späten Stunde nicht. Noch immer stand Alf unter der alten Linde und sehnte sich nicht nach der weiten Welt.

»Du weißt«, sagte Harald auf dem kurzen Heimweg zu Franz, »ich hatte mir die sozialistische Welt etwas anders gewünscht; nicht ohne, sondern mit Leuten wie den Ungarn Imre Nagy, den Tschechen Alexander Dubcek und mit unseren Professoren Baro und Havemann. Wir hätten keine Mauer gebraucht! Heute sorge ich mich um meine Schwester. Ich fürchte, wenn überhaupt, so wird sie nur sehr schwer mit den Veränderungen fertig werden. Die jetzige Welt zeigt sich leider auch etwas anders, als wir sie uns vorgestellt hatten.«

»Stimmt«, sagte Franz Vielitz. »Aber sie bleibt ohne Gewalt, mit der geringeren Zahl menschlicher Fehler und der unbedingten Freiheit. Wir haben in siebenundsechzig Jahren zweimal im politischen Regen gelebt und waren nass geworden. Nun dauert das Trocknen etwas länger, als es uns lieb ist.«

Dagegen erhob der Lehrer keinen Einwand, doch er fragte nach dem Wort ›abgehauen‹.«Heute sehe ich es anders. Wir hatten immer gesagt, der Nachbar hätte uns zum eigenen Vorteil den Rücken gezeigt, als seien wir nicht gut genug, seine Nachbarn zu sein.«

Franz dachte an Alf, der hatte schon vor einem Jahr gesagt: »Dieses oberflächliche Urteil hat uns geschmerzt und weh getan. – ‹Die Unwissenden›, Milan Kundera. – Viele Menschen waren und werden nicht bereit sein, für einen billigen Kindergarten- oder Ferienplatz, ein Leben lang auf eine Wahlkabine zu verzichten. Sehen wir es anders, machen wir uns das Leben nur unnötig schwer. Das dürfen und wollen wir uns einander nicht antun.«

III Die Schwester

Frische Blut- und Leberwurst?«, bot Frau Winter erneut an. »Ganz frische?«, spitzte Seliger und lächelte schelmisch.« »Hausschlachtung! Mein Mann ist Fleischer, und kochen kann er auch,« antwortete die Frau, die bei ihren Stammkunden gern einen Spaß riskierte, ihn aber auch hinzunehmen verstand.

»Dann frische Blut- und Leberwurst; dazu ein Bier, bitte.« »Und einen Nordhäuser? Auf Kosten des Hauses natürlich. Das letzte Schwein war sehr fett, da kommt etwas mehr in die Wurst.« Seliger strich mit der Rechten über das Kinn, vergaß den Wochentag und dachte, einmal eine fette Sau zu zeichnen, mit Schlappohren und dicken Schweinebacken. Die Wirtin indes erkannte ihre Gelegenheit: »Mittwoch! Gipfelfest, Herr Seliger! Heute wird die Woche geteilt!«

Alf zog die Brauen hoch. »Ist das auch schon bekannt?«, fragte er erstaunt, doch das Scherzen über seine Ferienmarotte ließ ihn mitlachen. Frau Winter gab ihre Bestellung in die Küche. Alf sah ihr nach. ›Tüchtige Leute‹, dachte er. ›Der Mann kocht, die Frau bedient im dunklen Kleid mit weißem Kragen und weißem Schürzchen, als sei sie eine Angestellte.‹ »Immer schön auf dem Teppich bleiben, wir wollen doch nicht stolpern«, hatte sie kürzlich zu Franz Vielitz gesagt, und das sprach sich rum.

»Guten Tag, Alf«, hörte der Haralds Stimme, der plötzlich mit einer Frau neben ihm stand. »Herr Seliger, meine Schwester Gertrud«, stellte er vor.

»Schröder!«, kurz und betont ergänzte sie ihren Bruder, den sie für drei Tage besuchte. Alf stand auf und nickte leicht bei seinem »Guten Tag.« Er staunte über den festen, fast männlichen Händedruck der mittelgroßen, schlanken Frau. Starke Backenknochen verrieten Energie und Selbstbewusstsein; ihr glattes, brünettes Haar reichte bis an die Schultern. Eine Welle hielt das rechte Ohr frei. ›Aufgeweckte Person‹, dachte Alf und fand manches Relikt einer anerzogenen, aufoktroyierten Lebensart. Aus ihren dunklen Augen blinkte die List einer lauernden Katze. Wortlos wartete Alf ihren Auftritt ab und erkannte, auch das Ewigweibliche besitzt seine Nuancen. Ebenso wortlos stellten seine Gedanken ihn vor: ›Ich bin der unrasierte Wessi, von dem du gehört haben wirst. Nun befürchtest du eine Beeinflussung deines Bruders. Willst eben mal nach ihm sehen?‹, beendete er seine Überlegung. Die Schwester sah kurz nach links und rechts: Zwei Tische standen frei, aber ganz hinten in der dunklen Ecke wie in weiter Ferne. Mit der Haltung eines unfreiwilligen Einvernehmens, das die Situation erzwang, nahm sie mit erhobenem Haupt Platz, als sei sie eine gefangene Widerstandskämpferin. ›Geglaubt hat er, mein lieber Bruder, aber hat er jemals etwas für unsere Sache getan, etwas riskiert?‹

Frau Winter bot ihre letzten zwei Hausmacher an. »Frische«, empfahl sie, als wollte sie sagen, morgen sind sie es nicht mehr. Dabei warf sie einen nicht gerade freundlichen Blick auf Haralds Schwester.

Mit einer erzwungenen Gleichgültigkeit führte das Gespräch vom Wetter über Urlaub zur Werbung: Einmal Fischerhütte, immer Fischerhütte. Frau Winter servierte ihre Wurst, als die wache Zollbeamtin der ehemaligen

Grenztruppen die Anklage erhob: »Noch immer weiß ich nicht, ob auch die Letzten von uns übernommen werden.« Ihre Enttäuschung gipfelte schadenfroh wie zynisch: »So hatten die tapferen Protestierer von Leipzig sich die Wende wohl nicht vorgestellt?« Wie eine Spielkarte, die sticht, aber nicht mehr überstechen konnte, hatte sie das Wort lässig auf den Tisch geworfen. Mit nicht erwarteter Entschlossenheit griff der Bruder ihren Arm: »Nicht so, und schon gar nicht hier. Wir sprechen miteinander, wir provozieren nicht!« Die beiden starrten sich an. Geschwisterliebe schien ihnen nicht immer gelungen zu sein. Die blassen Wangen der Frau blichen weiter aus, ihr Blick verlor an Schärfe, die Falten warfen tiefere Schatten und verrieten die Gedanken: ›Wir haben verloren! Alle Winde, alle Stürme bliesen gegen uns, dörrten uns aus und verwehen uns im Treibsand der Geschichte.‹

Der Griff des Bruders lockerte sich. Er wusste, was in der Schwester vorging. Doch seine Ansicht glich nicht der ihren, nämlich jede andere Meinung zu unterdrücken. »Das hat uns dahin gebracht, wo wir heute stehen! Vornehmlich das!«, sagte er. »Wer nur unbedeutend abwich, der wurde absolviert, auch wenn's ein kluger Kopf war!« Harald sah zu Alf. Mit schwachem Achselzucken und ebenso schwachem Lächeln bat er für seine Schwester. Seliger gab sein Okay mit kurzem Nicken. Alle drei schwiegen. Frau Winter räumte das Geschirr ab, Harald bat, ihn ein paar Minuten zu entschuldigen. Ein kurzer Blick mahnte die Schwester.

Gertrud sah zum Bruder, dann zu Seliger, in dessen Blick sie ein versöhnliches Lächeln fand. »Ist alles nicht so leicht«, signalisierte Alf seine weitere Bereitschaft zum Meinungsaustausch: »Ich kann's verstehen.« Sie ging sofort auf das Angebot ein und fragte: »Wie denn?«

»Sie wissen, schon einmal wurde eine Generation gebrannmarkt. Ist Ihnen bekannt, in welchen Irrungen wir uns verfangen hatten, welche Eliteuniform mir, zumindest zeitweilig, zu tragen beschieden war? Was hätten wir nach der Gefangenschaft nicht akzeptiert, als wir die Gnade des Überlebens empfangen hatten? Keine neue Gewalt, keine neuen Unmenschlichkeiten! – Nach dem ersten Krieg hatte die Entmachtung des Zaren nicht ausgereicht. Die Bolschewiken vertrieben die Menschewiken, Marx diente zur Tarnung der bolschewistischen Gewalt Lenins und Stalins. Die ermordeten die Zarenfamilie, ein Pseudosozialismus betrog die Menschheit um eine soziale Hoffnung. – Das Recht auf Arbeit. Die Betriebe mussten es verkraften, egal wie. Billige Wohnungen? Auch wenn nicht nur der Putz von den Mauern fiel, sie hatten eine andere Mauer zu errichten und zu erhalten. Altenheime, wenn wir sie so nennen, ein dürftiges Zuckerbrot. Und das rufen einige zurück gleich dem alten Tenor »Ja, aber …, die Reparationen, die Schmach von Versailles! – Warum hatten die Franzosen die sacre coeur mit der weißen Kuppel auf dem Montmartre gebaut? – Bitte, nicht nur fotografieren, reingehen, da liegen Handzettel aus, die mich an meinen Geschichtslehrer erinnerten. – Hätte man 1945 ›Ja, aber das haben wir nicht gewusst‹, mit der rechten Betonung gesprochen, man hätte ein Teilgeständnis herausgehört! Man wählte die Vereinfachung: »Das haben wir nicht gewusst!«, gemeint war der Holocaust, das Ende. Mit dem Anfang spielte man Blindekuh! Die Sünden der Väter an den Kindern … Woher kommt die Urteilskraft, die heute vielen fehlt? Ein zu hoher Preis! Stellt jemand die Frage nach dem Unterschied der zwei Volksbeglücker, Hitler und Stalin, deren Bilder die Menschen vom Kindergarten bis zum Altenheim verfolgt hatten? Der Zweite benötigte kein Gas. Sibirien ist groß! Die Russen nennen für die siebzigjährige Macht des Bolschewismus vierzig Millionen Ermordete, ohne Kriegsopfer. Genaue Zahlen …? Haben wir inzwischen begriffen, wie sehr die Menschheit betrogen worden ist? Das müde Auge und die schmutzige Lippe haben es zugelassen. Zweimal musste das Volk alle Macht dem Staat überlassen: Die Partei hat immer Recht! Was täten diejenigen, die den Bankrott ihres Staates verursacht haben, heute mit den Arbeitslosen und Rentnern? Eine nicht auszudenkende Katastrophe wäre die Folge! Aber alte Seilschaften decken den Genossen, der die Gesetze missachtet hatte. Jeder wusste etwas vom anderen, und eine Krähe kratzt der anderen kein Auge aus. In einem Geschäftshaus führte man bauliche Veränderungen ohne genehmigten Bauplan durch, obwohl tragende Wände entfernt worden sind. Die Zwischenwände im ersten Stock trug man zur Hälfte ab, um das Gewicht zu verringern. Fünf Zimmer wurden nicht nutzbar. Wer dem abhängigen Bauunternehmer den Auftrag erteilt hatte, das war nicht mehr festzustellen. Für die Mieten der Wohn- wie der Geschäftsräume gab es keine Abrechnung, und kein Pfennig befand sich auf dem Konto. Eine Verwaltung hatte es aber gegeben, in der alte Kader die jüngeren an die Leine nahmen. Verwundert die Frage, ob es zum eigenen Nachteil geschah? Wer sich jedoch an seine Datscha ein Zimmer angebaut hatte, der zahlte Strafe. Die alten Lateiner hätten gesagt: ›Was dem Herrn erlaubt ist, wird dem Esel noch lange nicht gestattet.‹ Und wo sind die Renten derer geblieben, die als Alte zu ihren Kindern in den Westen ausreisen durften? Ich bin nur ein kleiner Fisch, andere könnten Bücher über diesen Sozialstaat schreiben. Bei Heinrich Heine heißt es: ›Schau ich auf Deutschland in der Nacht, bin ich um den Schlaf gebracht.‹» Alf machte eine Pause. Sie hatte ihn aussprechen lassen, als er eine bissige Antwort erwartete. Ratlos suchte sie Aufschub und steckte sich eine Zigarette an. Verließ sie ihren elysischen Tempel und kam auf die Erde zurück? Nicht zum ersten Mal hörte sie solche Worte. Die Menschen durften sagen, was sie dachten, und sie machten Gebrauch davon, um jene ›Errungenschaften‹ ihren Kindern und sich künftig zu ersparen.

»Natürlich«, sagte Alf. »Wir sehnten uns nach einem Deutschland ohne jeden Unterschied, aber wer konnte ein solches Ausmaß des Notwendigen erahnen? Betriebe und Häuser haben wir genannt. Die Straßen, Schienen und Wasserwege, alles war marode. Denken wir an die Unterstützungen für Arbeitslose und Kranke, an die Pflegefälle und an die Rentner. Dazu der Osthandel? Wer kauft heute einen Trabi? Welcher Schornstein besaß einen Filter? Das kostet Milliarden, die wir gemeinsam hart erarbeiten müssen! Wissen Sie schon jetzt nicht mehr, wie gestern vieles ausgesehen hat? Sie bestellen was Sie essen möchten, nicht was gerade da ist. Sie reisen, wohin sie wollen, nicht wohin Sie dürfen.«

Die Frau erhob eine Hand, um ihren Wehrturm nicht

ohne Einspruch und völlig freiwillig aufzugeben. Das Wort Trabi fand jedoch kein ›Ja, aber‹. Das Gewicht zwölfjährigen Wartens machte sie stumm. Sie vermied es, Seliger das Feuer neu anzublasen. Doch Alf stand bereit, die noch nicht gestellte, sehr wahrscheinliche Frage zu beantworten: »Nicht, dass wir besser gewesen wären. Unsinn! Kein Mensch ist vollkommen. Jeder macht Fehler. Aber hier hatte man die Menschen miserabel behandelt. Erst machte man sie zu Einheitsmenschen, dann mauerte man sie hinter Stacheldraht, Minen und Schussapparaten ein. Einige haben es bis heute noch nicht begriffen: Im Zwang lag die Schuld! Gleiche Freiheit, gleiche Chancen und ihr erhaltet die gleichen Leistungen!«

Wieder bekam er keine Antwort. Mit den Sprüchen ihrer politischen Schulung konnte sie hier nicht landen. Das wusste Gertrud Schröder. Alf nutzte die Pause, um zwei Bier zu bestellen. »Was trinken Sie? Ein Glas Wein vielleicht?« Er bat freundlich und hoffte, nicht arrogant zu wirken. Sie dankte höflich aber kühl, wobei das Letztere ihr weniger Mühe machte.

»Habt ihr euch vertragen?«, fragte Harald als er zurückkam.

»Aber ja. Wir werden uns schon verstehen lernen. Gestern bin ich nicht sehr verständnisvoll gewesen? Wollte es schon vorhin klären«, sagte Alf.

Harald winkte ab: »In manchem Menschen steckt noch etwas vom Komplex des Neuanfangs in einer weniger bekannten Welt.«

»Wir laufen uns nicht weg. Wir haben unseren Platz am See, unsere Abende und den Blick zum anderen Ufer.«

»Aber ich muss mich verabschieden«, sagte Gertrud. »In zwanzig Minuten werde ich an der Anlegestelle erwartet.« Schon stand sie auf, reichte Alf die Hand. Höflich aber noch immer kühl und fremd bedauerte sie, den Wein ablehnen zu müssen. »Vielleicht das nächste Mal.« Sie wusste selbst nicht, ob sie es ehrlich meinte oder Theater spielte.

»Irgendwann trinken wir ein Gläschen, um gemeinsam nach der Welt mit den geringeren Unvollkommenheiten zu suchen.«

Gertrud Schröder blieb unwillkürlich vor der Gaststätte stehen. Obwohl in dieser Jahreszeit kein welkes Laub vom Baum fällt und kein Herbststurm blies, fühlte sie das erste Abblättern dessen, was sie bisher krampfhaft zu halten versucht hatte. ›Was ist mit mir? – Habe ich vierzig Jahre meines Lebens in Treue einer Täuschung geopfert?‹ Sie überlegte: ›Manchmal treten unsere Gedanken auf der Stelle, manchmal fegt der Wind sie wie tief hängende Wolkenfetzen davon. Ist es nicht zu spät, noch einmal neu zu beginnen?‹ Langsam stieg sie die drei Stufen hinab, ging ebenso bedächtig über den Dorfplatz, an der Bushaltestelle vorbei, unter den Kastanien mit den hellen Blütenkegeln weiter zum See. Erst das Plätschern des Wassers befreite sie von ihren Zweifeln und ihren bitteren Träumen.

Im Gastzimmer sagte Harald: »Am Anfang stand der Missbrauch des Kapitals, erst dann erschienen Marx und Engels. Damit beginnt sie meistens, hat sie dir das auch gesagt? Es stammt nämlich von unserem Vater.«

»Euer Vater hatte nicht ganz Unrecht. Mancher Herr besaß sogar in der Kirche einen Stammplatz für seine

Familie und sich, möglichst nahe der Kanzel! Aber Kinder von etwa zwölf Jahren schufteten täglich zehn Stunden in seiner Fabrik, damit die Mutter etwas mehr auf den Teller legen, und sie sich satt essen konnten. Gerhard Hauptmann hatte guten Grund, ›Die Weber‹ zu schreiben, und Zilles Pinsel klagt die Wahrheit an.« Heute fand Harald den neuen Freund verständnisvoller. Offene Worte standen vor unaufrichtigen Reden. Er lächelte zufrieden vor sich hin.

Da am Freitag ein Volksfest von einer Woche begann, trafen die vier Freunde sich schon am Donnerstag. Das unbeständige Wetter brachte keinen Landregen, doch stärkere Schauer. Die Stühle standen in einer Ecke des Vorzelts. Es war kühl, im Wohnwagen lief die Heizung fast den ganzen Tag. Die Dachluke stand halb offen, um die Luft zirkulieren zu lassen.

»Achtzehn, zwanzig, zwei, drei – passe!« So ging's in der Skatrunde zu. Mal gab's ein Kontra, nur selten ein Re. Das Bier tranken sie aus der Flasche. Die vier Freunde teilten jede Ecke des Wohnwagens und fanden es urgemütlich. Sie spielten keinen Preisskat, sie spielten zum Spaß. Ihre Gespräche sahen sie als freundschaftlichen Austausch an. So blieben ernste Themen den skatfreien Abenden oder dem Gasthaus vorbehalten. Im Wagen sprachen sie nur selten über Politik. Im Platz am See hatten sie ihre ›Rütli-Wiese‹ gefunden.

»Ein Volksfest macht 'ne Menge Arbeit, hätte heute beinahe nicht kommen können«, sagte Franz. »Aber die Schausteller kümmern sich ja nach der Anweisung des Platzes selbst. Das Bier samt Zapfhahn liefert morgen

Früh die Brauerei. Frau Winter übernimmt den Ausschank. Tische und Bänke hat die Feuerwehr heute schon aufgestellt. Den Imbiß übernimmt der Fleischer; sein Platz ist eingerichtet, die Ware bringt er morgen. Unser Sohn wird aus einer mobilen Räucherkammer Aal und Forelle anbieten und hoffentlich auch verkaufen. Seine Kammer kenne ich nicht. »Mein Geheimnis Vater‹, du wirst staunen«!, das war alles, was er verraten hat. Ich hoffe, ihm helfen zu müssen. Aber wenn's regnet und wir in die Turnhalle …? Nicht auszudenken, wohin mit den Ständen, der glühenden Kohle und dem Smog. Der Wagen käme ja nicht in die Halle, aber alle wollen – alle müssen verkaufen: Hier belegte Brötchen, geräucherter Fisch, Würstchen, kalter Braten mit Kartoffelsalat. Und ich armes Luder, ich bin verantwortlich. Hab ich nötig gehabt? Freunde, dat is‹ ne ganz harte Nuss mit viel mehr Arbeit, als ihr von außen seht!«

»Vielleicht scheint morgen die Sonne und alles ist in Butter, Herr Gemeinderat«, tröstete Herbert Lenz den Beklagenswerten und lächelte: »So is dat nun mal.«

»Einer muss was unternehmen, damit Schwung in die Bude kommt. Versuchen müssen wir's, du alter Kartoffelkäfer.«

»Nimm dat sofort zurück!«

»Und wenn ich's nicht …?«

»Auch egal, du alter Heringsbändiger.«

»Dann sind wir quitt.«

»Det sind wir nicht. – Kontra!«

»Edle Seele, was tät ich ohne dich?«

Der Bauer legte den kleinsten seiner drei Jungen auf den Tisch. Der Fischer wandelte sich zum Schneider.

»Draußen ist jemand!« Alf bat still zu sein. Zwei der Männer versuchten durch die kleinen Gardinen etwas zu erkennen, doch unter dem von Wolken verhangenen Himmel zeichneten alle Sträucher und Bäume sich nur als Schatten ab. Es war dunkler als an den vergangenen Tagen. Alf stand auf, schob sich durch die Enge zwischen Tisch und Polsterbank, um eben mal nachzusehen. Da klopfte es leicht, fast vorsichtig sogar, als fürchtete jemand zu stören, oder man besaß Zweifel an der Richtigkeit des eigenen Handels? Als Alf ein leichtes Aufziehen spürte, öffnete er ganz; der Regen rauschte lauter, sein Klopfen auf dem Dach schwoll zum leichten Trommelwirbel an.

»Guten Abend. Stör‹ ich?«, fragte Gertrud Schröder. Sie stand noch draußen, das Licht fiel auf das halbe Gesicht. Die Überraschung machte Alf für einen Moment verlegen. War sie gekommen, um ihre alte Unbeugsamkeit erneut vorzuführen?

»Stören? Aber nein!« Die Sekunde der Verlegenheit war verflogen. »Bitte kommen Sie herein. Es regnet doch.«

Mit verwundertem Blick stand sie in der Tür und sah zu Harald. ›Wohin gehen wir, mein lieber Bruder‹, fragte ihr Blick. Ihr nasses Gesicht glänzte, in den herben Zügen stand Staunen über sich selbst, jetzt hier zu stehen. »Nun ja, es begann plötzlich zu regnen, ich wusste nicht wohin, und mein Abendspaziergang endete hier.« Mit diesen Worten floh sie in eine Erklärung, ohne den Wettergott zu verwünschen.

»Legen Sie bitte ab.« Alf bat um ihren Mantel und die Schute, die sie wie einen Südwester trug. Als sie den Arm aus der Jacke zog, da traf ihn ein forschender Blick: Kein Kollege, kein Genosse – nur ein Mensch? »Ich wollt eigentlich gar nicht …« Unsicher baten ihre Augen um Verständnis und suchten, ob das Wetter heute auch für sie eine Schranke öffnete? Alf klopfte das Wasser zweimal mit der Hand von der Schute und legte sie aufs Bett, für den Mantel nahm er einen Bügel und hing ihn an den Haken neben der Heizung.

»Glück gehabt.« Herbert rückte etwas schwerfällig aber bereitwillig auf der Bank weiter durch. Mit einem Finger deutete er nach oben: »Wärst nicht trocken heimgekommen.«

»Ohne echte Regenkleidung gewiss nicht«, ergänzte Franz und gab Gertrud die Hand. Alf kam zum Tisch zurück und setzte sich auf seinen Platz. Im Gesicht der Frau erlosch der erste Versuch zu lächeln, als habe eine Blende den Weg des Lichts abrupt unterbrochen. Wies ihr Blick und ihre Haltung auf Relikte von gestern, die sich nicht so schnell bezwingen ließen? Die sie mit letztem Stolz und tragischer Restwürde noch einmal zu halten versuchte, ohne zu erkennen, dass ihr Packeis längst zu tropfen begonnen hatte? War ihr das neue Ufer so ungewohnt oder sogar unlieb, sich nicht gewöhnen zu wollen?

»Wissen Sie, was ich dachte, als Sie plötzlich in der Tür standen?« Alf hatte sich vorgebeugt und sprach, als wollte er, selbst im engen Wohnwagen, ein Zuhören vermeiden. Kratzte er damit abermals an den Resten ihres Apparatschik-Denkens? Dann sollte das Leben daran die letzte Hand anlegen. Also beantwortete er seine eigene Frage: »An unser Glas Wein.«

Jetzt lächelte sie, und das nicht einmal verlegen. Sie tat's wie jede Frau, die sich im eigenen Netz verfangen hatte. »Wenn Sie so unerbittlich sind … Gestern wäre mir wirklich keine Zeit geblieben, um den Wein in Ruhe zu trinken.«

»Einen Bocksbeutel!«, sagte Harald, das erste Wort seit dem Eintreffen der Schwester. »Den musst du genießen.«

Mit einem kurzen Nicken versuchte Gertrud, sich bei ihrem Bruder für den Zuspruch zu bedanken. Lockerte sich das Eifern der Geschwister, im Auge des Vaters besserer Sozialist zu sein? Sie schmeckte den Wein, schob die Lippen mehrmals übereinander, um nicht völlig unwissend zu gelten. »Das ist wirklich ein guter Tropfen.« Die Anwesenden erkannten die ehrliche Aussage.

»Hoffentlich regnet's morgen nicht«, beendete Franz die Begrüßung. Er hatte sich doch am meisten für das Dorffest engagiert. »Dann fällt alles ins Wasser.« Wegen seiner Skepsis befürchtete er vorwurfsvolle Blicke.

»Der Wetterbericht lässt uns hoffen«, erlöste Gertrud die Herrenrunde. »In der Nacht klärt es sich auf. Das verführte mich zum Spaziergang an einem noch nicht beendeten Regentag.«

Sie legten die Karten zusammen. Diese Runde spielten sie beim nächsten Treffen weiter, heute haben sie einen Gast. Das Wort Gertruds, sie besäße genügend Kenntnisse um zu kiebitzen, brachte keinen der Skatbrüder dazu, erneut zu mischen.

»Die Karten laufen uns nicht weg, und Damenbesuch haben wir nicht alle Tage«, setzte Alf sich für ihre Runde ein. Er glaubte, Gertruds Bruder damit einen Dienst zu erweisen. Doch jetzt bildete die idyllische Welt von Fischerhütte den Mittelpunkt des weiteren Gesprächs. Die Werbung, die an den Zufahrtstraßen, in den Orten der Umgebung, an den Kreuzungen und den zentralen Stellen das Fest ankündigte, bewies ihre Mühen wie ihre Erwartungen. Fischerhütte stand im Mittelpunkt des Interesses. Der Regen ließ nach und hörte bald ganz auf. Im Wohnwagen verabschiedete Alf seine Freunde. Alle hofften auf gutes Wetter für den nächsten Tag, den ersten ihres Festes.

IV Das Mädchen

Noch einmal schütteten graue Wolken ihren Regen über Fischerhütte aus. In der Nacht zum Freitag. Kurz aber heftig. Am frühen Morgen lichtete sich der Himmel, das ganze Dorf atmete auf und sagte: »Endlich!«

»Stauben kann's nicht mehr. Lass uns den Verkaufswagen einrichten«, bat Vielitz den Sohn. »Ein sauberes Bild macht Appetit, es sagt den Hinkuckern, was sie zu Hause vergessen haben. Etwas Gutes zu essen.«

»Vater, der Wagen ist fertig. Traust du mir zu, uns 'ne Krücke zum Verkauf hinzustellen? Nur den Smog, den machst du bitte, 'nen schönen gleichmäßigen Smog. Darin bist du der Beste.«

Die Schausteller, die ihre Stände schon am Donnerstag aufgebaut hatten, hörte man zuerst: Ein kleines Karussel und eine Luftschaukel warben mit Musik, die weit über den Platz hinaus zu hören war, mehr als die Anzahl der ersten Gäste es erwarten ließ. Bald klatschten gezielte Kügelchen und spitze Bolzen in Scheiben oder Porzellanröhrchen; die ersten Rosen fielen. An der Würfelbude schlug das Leder hart auf, frischgebrannte Mandeln dufteten verführerisch. Die ersten Sonnenstrahlen lockten weitere Besucher, den Festplatz zu besuchen, denn ein solches Fest hatte es in Fischerhütte bisher nicht gegeben. Alf stand bei Frau Winter am Ausschank und bat um vier Bier. Er dachte mit Franz, dessen Sohn und der Schwiegertochter, auf ein gutes Geschäft anzustoßen, und zur Feier des Tages bei ihnen einen ersten Aal zu essen.

»Ist der Besuch schon abgefahren?«, fragte Frau Winter am Zapfhahn und hob die Brauen.

»Ist sie wirklich so schlimm gewesen?«, wollte Alf wissen.

»Eine Bekannte hatte sie erlebt. Der hat's gereicht! Diese Frau vergaß nichts, sie zog alle Register der Schikane: Kofferraum, den Kofferinhalt, Reserverad raus, Türverkleidung, alles was dazugehörte. Doch die Batterie lockern, um zu kontrollieren ob darunter Geldscheine versteckt wären, das nenne ich bekloppt. Natürlich gilt das nicht als juristische Straftat«, die Wirtin beugte sich über den Schanktisch, um in alter Art wegen Lauschern und Schwätzern vorsichtig zu sein, schließlich besaßen sie und ihr Mann ein Geschäft. »Aber diese Leute, Herr Seliger, die sollen mir erst etwas Handfestes vorweisen, etwas Sichtbares für den wirklichen und ehrlichen Wandel ihrer Gesinnung. Viele beteuern ihre Unschuld, als hätten sie nie etwas vom 17. Juni und den Schüssen an der Mauer, von den allbekannten Zuchthäusern gehört oder gewusst! Sie kennen das alte Wort: ›Wer nicht dagegen war, der war dafür!‹ Dagegen, das war ohne Gefahr kaum möglich, aber Nachlaufen und Afterkriechen, das hat's ebenso gegeben!« Die Wirtin griff wieder zu ihrem Hahn, gab jedem Glas noch einen Schuss unter die weiße Haube und schob Alf die Bier auf einem Tablett zu: »Vier Pils mit Bischofsmütze. Bitte sehr!«

Alf nickte, bedankte sich kurz, wollte aber jetzt nicht weiter über die zweite deutsche Diktatur sprechen. Er bezahlte, ging und achtete auf seine Schaumkronen. Dem Gartentisch am Fischstand fehlte nur eine weiße Decke, und als Franz ihm seinen Fisch auf einem Teller servierte, da staunte Alf und fragte: »Sonst servierst deinen Fisch auf Pappe.«

»Trinken wir deinen Wein aus Pappbechern? Lass es dir gut schmecken.« Vom Verkaufswagen, wo ein leichter Rauch aufstieg, riefen ihm zwei junge Menschen ein »Prosit« zu.

»Komme gleich! Will nur euren Aal nicht warten lassen, nicht eine Minute!«, rief er zurück. Franz' Sohn und Schwiegertochter trugen beide weißes Käppi und weiße Schürze. Sie lachten mit erhobenen Gläsern. Im Augenblick stand bei ihnen kein Kunde.

»Läuft aber ganz gut«, freute Alf sich wenige Minuten später für seinen Jugendfreund, als jemand um drei Aale bat. »Noch schaffen es die Kinder, aber einer muss den Smog überwachen«, meinte Franz bescheiden. Er verschwieg den Wunsch, lieber aktiv eingreifen zu müssen, als das fünfte Rad am Wagen zu spielen.

Alf löste eben den Rest seines Fisches von der Gräte, als ihm zufällig ein Mädchen auffiel, etwa sechzehn Jahre alt, blond, eine schlanke Erscheinung. Ein auffallend hübscher Teenager. Ihre Jugend zog manchen Blick auf sich, doch Alf interessierte mehr ihre Ähnlichkeit. Mit wem?, rätselte er sofort und wartete, ob sie sich noch einmal umdrehte oder kehrtmachte. Sie ging langsam weiter, musterte alle Stände mit aufmerksamen Blicken, schien aber kein festes Ziel zu haben.

»Wer ist das?«, fragte Alf.

»Sie kommt aus dem nächsten Dorf«, antwortete Franz fast beiläufig. »Eigentlich sind es nur ein paar Häuser, eine kleine Siedlung am See. Alte Prominenz, du verstehst?«

»So verrückt es klingt, das Gesicht glaube ich zu kennen.«

»Ausgeschlossen!«

»Frag Herbert. Bauern kennen oft 'ne Menge Leute.

»Kommt sie zurück?« Alf schloss einen Irrtum nicht aus, suchte aber Gewissheit.

Das Mädchen erschien nicht wieder, doch Gertrud, Harald und Herbert fanden sich zum Schoppen ein. In Gegenwart der Schwester vermied Alf, von alter Prominenz zu sprechen, um keine peinliche Situation zu schaffen.

Am Abend ging Seligers Blick aus dem Heckfenster, an der alten Linde vorbei, zum See. Das versöhnende Lächeln des Mondes spiegelte sich im Wasser. Vor ihm stand ein ›Lübecker Rotspon‹. Er schmeckte den Wein, hob die Zunge an den Gaumen und sah das Mädchen. Wer ist sie? Hat sie eine Doppelgängerin? Wem ähnelte dieses zarte Gesicht? Erlag er einer Täuschung, indem er sich etwas vormachte? »Ob mir ihre Augen weiterhelfen?«, fragte er sich, doch der Blick, den der Zufall ihm gewährt hatte, der sich als zu kurz erwies, festigte den Verdacht: In diesem Mädchen verbarg sich ein Geheimnis, das aus den trüben Wassern der Vergangenheit stammte und sich eines Tages vielleicht von selbst aufklärte? Er goss sich Wein nach, grübelte weiter und blieb dennoch ohne Antwort. Auch in der Nacht fand er keine Ruhe: »Wo habe ich dieses Gesicht schon gesehen?« Ein Traum führte das Mädchen vor: Die Hände hielten das gerissene Kleid notdürftig zusammen, die flüchtig gesehenen Augen weinten, das schulterlange Haar hing ihr wirr im Gesicht. Wo steckte der unsichtbare Feind?

Der neue Tag erwachte, die aufgehende Sonne schien in sein Fenster. Alf zog den Ärmel über das Gesicht. ›Den Schweiß trieb nicht allein der Wein?‹ Der Gedanke an den Vortag und den blonden Teenager kehrte zurück. Worin bestand ihr Geheimnis, was macht sie traurig und lässt sie weinen? »Handle recht, ich bin bei dir«, sagte ihm Käthis Bild. Er wusch sich im See und nahm kurz das erste Bad des Jahres. Nur ein klarer Kopf spendet klare Gedanken.

Das Treiben auf dem Festplatz stellte sich langsam wieder ein. Nach einem Kaffee und einem belegten Brötchen von Frau Winter, erschien Alf am Stand des Fischers. In seinem Wagen hätte er keine Ruhe gefunden, um gemütlich Kaffee zu trinken. Franz schürte den Smog und begrüßte den Freund: »Werde doch noch gebraucht. Die Jugend hat gestern etwas gefeiert. Was wird sie am Sonntag machen, wenn sie am Freitag schon anfängt zu bummeln? Wat tust du dazu säggen?«

»Nix sägg ick, gar nix. Sei froh, wenn's so ist. Die Jugend löst ihre Probleme anders als wir. Sollte es ihr nicht besser gehen als uns?« Er setzte sich zum Fischer, vorn an den ersten Tisch und aß ein nicht beabsichtigtes, zweites Frühstück.

Für Vielitz gab's noch keine Eile, ihm blieb Zeit, um sich ein paar Minuten zu Alf zu setzen. »Herbert weiß auch nicht wer sie ist. Kannst ihn nachher selbst fragen.«

»Zweitwohnung oder Datscha«, sagte Alf, was er gestern schon vermutet hatte. »Alte Prominenz? Aber nicht die erste Garnitur, die hielt sich hinter Zäunen versteckt. Und Herbert hat sich nie um Namen gekümmert. Doch nach dem Bau der Siedlung, da soll es öfter ein Gerede gegeben haben: Sie besäße keine Ähnlichkeit mit den Eltern, ob sie vielleicht ein Adoptivkind ist? Schön, aber scheu. Das brachten die Frauen mit, die dort öfter geputzt hatten. Da die Eltern nie selbst ins Dorf gekommen waren, verstummte das Geschwätz wieder.«

Alf nahm seine Fototasche von der Schulter und legte sie auf den Tisch. »Ich fotografiere sie, so oft ich kann und keiner merkt, auf wen ich es abgesehen habe. Lasst mich nur machen.« Er tippte auf seinen Apparat, bald lüfteten seine Aufnahmen das Geheimnis und deuteten seinen Traum. »Es steckt etwas dahinter!« Das Wort Adoptivkind hatte seinen Verdacht geweckt. Er sprach ihn nicht aus, doch das Wort beschlich ihn mehr und mehr, es stammte aus dem Morast der noch wenig durchforsteten Zeit. Fast wäre es ihm lieber, er irrte sich, die anderen grinsten heimlich oder offen, als diesen Gedanken bestätigt zu sehen. Ein Schuljunge verkaufte Zeitungen. Alf nahm das Lokalblatt und blickte, fast nach jedem zweiten Absatz über den Rand. So suchte er den ganzen Platz ab.

Zum Mittag spendierte Franz jedem eine Forelle, die er grade aus dem Rauch genommen hatte. Doch bevor Alf dem Freund sein Lob aussprechen konnte, wandte sich seine Aufmerksamkeit vom Fischstand ab. Er nahm seine Kamera und holte mit der Optik ein blau-weiß gestreiftes Kleid dicht heran. Plötzlich lag eine Hand auf seiner Schulter: »Bist du nicht etwas nervös? Die Fotos lass mich machen. Wir ahnen, um was es dir geht. Und wenn das stimmt«, ergänzte Harald mit klaren Worten, »dann ist es ein Werk derer, die keine Grenze gekannt haben, die nur ›bolsche‹, nur politische Allesraffkes gewesen sind. Die haben die Arbeit anderer, die ehrlich überzeugt waren, in den Dreck getreten!« Harald nahm die Kamera, nickte noch einmal zur Bestätigung und sagte: »Mach dein Bild fertig, das vom anderen Ufer! Wir werden es brauchen!« Mit gespielter Gleichgültigkeit ging er auf die Mitte des Platzes zu, wo das helle Sommerkleid sich langsam dem Glücksrad näherte.

»Guten Tag«, sagte er munter. »Kennen wir uns nicht?« Harald bemühte sich, natürlich zu wirken. Dabei lächelte er so sicher, als hätte er eine ehemalige Schülerin gefunden; das schönste Mädchen der ganzen Klasse.

»Weiß nicht genau«, sagte sie. Dominierte sein freundliches und bestimmtes Auftreten über ihre Erinnerung?

»Seit Jahren wohne ich im Urlaub beim Fischer Vielitz. Irgendwo haben wir uns schon gesehen.«

»Kann wohl sein. Aber ich bin nur in den Ferien hier. Ich gehe noch zur Schule.« Ihre blauen Augen leuchteten.

»Na und? Ich gehe ja auch noch zur Schule – als Lehrer. Das Zutrauen des Mädchens wuchs, gewiss dank der kühnen Annahme, dieser Lehrer wird in den Ferien kaum von der Schule sprechen. Selbstsicher erzählte er, vor vier Jahren etwa, da hätte er sie zufällig auf einem Foto mit aufgenommen. »Damals haben Sie noch Kniestrümpfe getragen.« Sie sah befangen zur Erde. Durfte sie sich mit diesem Mann überhaupt unterhalten? Warum nicht? Ein Lehrer, und kein Unbekannter, beim Fischer Vielitz. Er hatte sie schon als Kind gekannt.

»Wollen wir bei unserem gemeinsamen Bekannten ein

Lachsbrötchen essen? Das kann man zwischendurch vertragen.«

Sie nickte scheu. Noch nie hatte sie jemand eingeladen, doch sie ging von sich aus langsam auf den Räucherwagen zu. »Guten Tag«, sagte sie höflich. »Ich bin Gudrun Röbler. Herrn Vielitz kenne ich noch vom Einkaufen, aber das ist schon eine ganze Zeit her.«

»Meine Schwester und Herr Seliger«, stellte Harald vor. Der Fischer lächelte und spielte den Erstaunten, warum sollte sie den Fischer von Fischerhütte nicht kennen? Harald sah sich am Ziel. Er kannte ihren Namen, gleich wird er sie fotografieren, doch kein Gespräch über Gegenwartskunde beginnen. Harald knipste die Gruppe, das Mädchen mit Alf, er nahm sie einzeln auf, die Räucherei und den ganzen Festplatz. Zufrieden schob er die Kamera in die Tasche zurück.

»Sind Sie der Mann mit dem Wohnwagen?«

Alf nickte nur und lächelte.

»Drei Herren?«, fragte sie, jetzt etwas mutiger.

»Seit ein paar Tagen sind wir vier«, ergänzte Alf.

»Die Wohnwagenphilosophen?«, fragte sie mit dem Mut, der ihre letzte Schüchternheit besiegte.

Alf und Franz grienten. Kein Volksfest besaß die Abgeschiedenheit eines Wohnwagens. Gertrud lächelte süffisant und glich wieder der Frauenrechtlerin.

»Wir haben einen neuen Deutschlehrer bekommen. Wissen Sie, was der gesagt hat?«, fragte Gudrun. Sie glaubte, das Gespräch fördern zu können. »Das Wort Philosophie stammt aus dem Griechischen. Es höre sich zwar professorenhaft und recht gelehrt an, dabei denkt jeder Mensch über sein Leben und den Sinn des Lebens nach.« Das

Schweigen der Alten verunsicherte sie, etwas langsamer sprach sie weiter: »Und das beginnt, wenn die Mutter das Märchenbuch zur Seite legt und zu ihrem Kind sagt: ›Nun lass uns beten.‹ Was immer daraus wird – in Religion oder Konfession – der Mensch stellt nicht das Höchste dar. Die Welt besitzt einen Schöpfer, einen Gott.«

Mitten im Volksfest und seinem lauten Treiben schwamm eine Insel der Stille, bis Alf behutsam fragte: »Können Sie sich noch an ihr Abendgebet als Kind erinnern?«

Gudrun Röbler blickte zur Seite, sie sah alle Augen auf sich gerichtet. »Meine Freundinnen wissen davon etwas mehr. Bei mir …? Ich bin wohl noch sehr klein gewesen.« Da fingen die Männer das ruhende Geheimnis auf. Gertrud erhob sich und sagte wieder mit einer misslungenen Geste, im Gasthof stünden Kohlrouladen auf der Tafel. Sie wollte die Gelegenheit wahrnehmen. Für eine Person rentiere sich das Kochen nicht.

»Bekomme ich auch ein Bild?«, fragte Gudrun.

»Sogar von jedem eins. Bitte am Dienstag gegen Mittag bei Frau und Herrn Vielitz abholen. über's Wochenende geht's leider nicht schneller.«

Alf plante, den Film am Montag in Berlin entwickeln zu lassen. Er gab an, den weiteren Weg für den schnelleren zu halten. Dazu fände er in Berlin die Aufklärung des Geheimnisses, ohne jedes Mitwissen anderer.

Gudrun versprach pünktlich zu sein, bedankte sich für das Lachsbrötchen und sagte, sie hätte ihr Fahrrad zwar angeschlossen, doch es sei Zeit nachzusehen. Der Vater wäre böse, wenn ihr das neue Rad gestohlen wird. »Wer nicht aufpasst, der trägt mit an der Schuld.«

Das Mädchen verabschiedete sich von jedem und ging. Alf wandte sich an Harald, den Freund, den er erst vor wenigen Tagen kennen gelernt hat und sagte: »Das hast du großartig gemacht. Nimm meinen Dank. Und wenn du jemals in die Bredouille kommst oder einen Wunsch besitzt, dann denk an mich.«

Niemand sprach ein Wort. Alf hatte noch nichts von seinem Verdacht und der Ursache erzählt. Er wartete ab, erst wenn er sich ganz sicher fühlte … Am Montag wird es sich zeigen. Die Freunde spürten die sich nähernde Entscheidung. Endet ein bitteres Schicksal durch Nächstenliebe, dann stürze der Schuldige in den tiefsten Grund der Unterwelt, wo ein Teufel die Sünder im ewigen Feuer der Hölle bewacht.

Alf fuhr am Montag früh nach Berlin. Als er eine kurze Pause machen musste, trat plötzlich ein Russe aus einer dichten Schonung. In glanzlosen Stiefeln kam er ängstlich auf Seliger zu. In jedem Schritt sah er ein Wagnis, doch er machte sich Mut und fragte: »Du was zu essen? Ich drei Tage Hunger.« Seliger dachte an den Krieg. Er war zwanzig gewesen, als er nach Russland geschickt wurde, wo ein junger Bauer und seine Frau ihren Borschtsch mit ihm geteilt hatten. Ein ebenso junger Bursche stand jetzt vor ihm und bettelte mit traurigen Augen. Ein Sohn der Sieger, dessen Hose, Kasack oder Fellmütze in den letzten Wochen kein Wasser gesehen hatten.

»Ich fahre nicht weit, deshalb habe ich nichts zu essen mit«, sagte Alf mit ehrlichem Bedauern. Der fast noch kindliche Russe tat ihm leid. Gern hätte er sich mit ihm unterhalten und gefragt, wo er deutsch gelernt hat, doch ihn drückte die Zeit. Der Film. Ihm fiel keine andere Möglichkeit ein, und eben das machte ihn verlegen. Er zog zwei Zehnmarkscheine aus der Brieftasche und sagte: »Hier, kauf dir was zu essen. In einem Dorf kannst zum Bäcker oder zum Fleischer schleichen. Ich muss weiter. Sehe ich dich morgen, wenn ich hier wieder vorbeikomme?« Der junge Russe zuckte nur mit den Schultern. »Jedenfalls werde ich nach dir sehen.«

Gleich um neun Uhr suchte Seliger, seinen Film abzugeben.

Da er meist an seiner Staffelei saß, fotografierte er nur selten. Jedoch seit dem ersten Blick auf das Mädchen dachte er an diesen Fotoladen und an das Gesicht des Inhabers. Irgendjemand hatte ihm einmal erzählt, der Mann und seine Frau hätten sich aus kleinsten Anfängen hochgearbeitet. Die Frau sei zunächst einer anderen Arbeit nachgegangen, bis der kleine Laden auch ihren Einsatz verlangte. Dort glaubte Alf, eine Bestätigung seines Verdachts zu finden.

Ein mindestens ein Meter und achtzig großer Mann stand im weißen Kittel hinter dem Ladentisch. Zehn Minuten nach neun bat er seinen ersten Kunden um etwas Geduld, er werde das Negativ sofort heraussuchen. »Möchten Sie einen Film abgeben?«, fragte er Alf zwischendurch. Der sah das wellige, in der Mitte schon etwas schüttere blonde Haar, die hohe Stirn mit der starken Längsfalte über der schlanken Nase, die hellblauen Augen und den schmalen Mund. Seligers Herz klopfte, das Blut pochte in den Schläfen, er drückte ein Knie gegen den Ladentisch, um sich etwas zu stützen. Mit siebzig gehört man nicht mehr zu den Jüngsten. Dafür hatte er gefunden, was er suchte, doch er wartete auf den letzten Beweis, erst wenn der Vater den Film entwickelt und die Bilder gesehen hat.

»Nur den Film?«, fragte der Mann noch einmal.

»Lassen Sie mich bitte warten«, bat Alf und dachte auch an eine kurze Atempause für sich.

»Sind Sie Vertreter?«

»Nein. Ein Film führt mich zu Ihnen. In einem guten Sinn sogar. Bedienen Sie bitte den Herrn, ich warte gern.« Alf trat einen Meter zurück und sah sich im Laden um. Er ging ein paar Schritte, doch die Aufmerksamkeit schwächte sich ab, der Schauer des ersten Augenblicks wandelte sich zum Glücksgefühl. Konnte noch etwas schief gehen? Er erntete eines Zufalls glückliche Stunde. Sein letzter Zweifel schmolz wie Butter in der Pfanne, er wird einer der vielen Untaten die Maske abreißen und rufen: »Seht her! Das ist ihr wahres Gesicht!« Und das tat er für andere Menschen, nicht für sich, was ihm die besondere Freude bereitete.

»Vielen Dank für ihre Geduld. Was kann ich für Sie tun?«

»Diesen Film entwickeln.« Alf öffnete eine Hand.

»Den hätten Sie auch zwischendurch abgeben können.«

»Wenn ich Sie direkt fragen darf, sind Sie einmal aus dem Osten gekommen?«

Der Mann hinter dem Ladentisch staunte und schien fassungslos. »Zu zweit?«, wollte Alf wissen, obwohl er es sich denken konnte, denn ihn sahen zwei blaue Augen an, – Gudruns Augen. Er duldete keinen Zweifel mehr.

Der Ladeninhaber konnte sich das Verhalten des Kunden nicht erklären. Er richtete sich auf, der Fremde wurde ihm etwas unheimlich, kommt herein und berührte ihn an der empfindlichsten Stelle seines Lebens. »Meine Frau und ich,« die vier Worte rang er sich ab, doch ein erster Funke neuer Hoffnung blitzte auf. Es könnte ja sein …? »Im Winter, auf einem LKW«, erklärte er zaghaft.

»Und dann?«, bat Alf etwas direkt. Noch hatte das Bild keine letzte Klärung gebracht. Ungewollt verstärkte seine Frage die Beklommenheit des Anderen. Und der war über sich selbst erstaunt, wie er diesem Fremden überhaupt ein einziges Wort anvertrauen konnte. Aber ohne zu antworten spräche dieser Mann nicht weiter, und er suchte die Wahrheit. Der Fremde hatte ihn nicht unterbrochen, er ließ ihn weitersprechen: »Im Frühjahr sollte unsere kleine Tochter nachkommen. Zu dieser Zeit besaß der Fahrer jedoch keinen LKW und keine Freiheit mehr. Für uns hieß das: Entmündigung und Zwangsadoption! Lieber Gott, warum erzähle ich Ihnen das? Was wissen Sie? Sprechen Sie doch endlich!«

»Wie heißt Ihre Tochter?«

»Gudrun.«

Alf zuckte vor Freude.

»Sie lebt! Wo?«

Alf nickte. »Nicht weit, nur eineinhalb Stunden. Entwickeln Sie den Film, ich passe auf Ihren Laden auf. Das hübsche blonde Mädel heißt Gudrun. Ein goldiger Teenager. Es geht ihr gut!« Das blieb vorerst sein letztes Wort. Ein Gefühl sagte ihm, das weitere Gespräch kürzte dem Vater die ersten Minuten des Glücks und der Erlösung von einer langen Sorge. Ihm blieb die Genugtuung über einen wunderbaren Zufall. Mit letztem Kopfschütteln und einem fast ungläubigen Staunen ging der Vater. Das Bild seines Kindes ruhte die letzte Minute in einer Kapsel. »Bin gleich wieder da«, sagte er und zog eine kleine Tür hinter sich zu. Es kam kein Kunde. Es blieb Alf erspart, den Vater zu rufen, der seine Dunkelkammer ohnehin nicht verlassen hätte, auch eine Erklärung abzugeben blieb ihm erspart. Herrn Menow, so hieß der Inhaber, standen Tränen in den Augen, als er die Bilder mit einer Klammer hielt und ein Finger auf das Mädchen im blauen Kleid zeigte. Tränen legten Zeugnis ab für ein elfjähriges Leid. Das einzige Kind. Er schüttelte den Kopf, weil er das Glück so schnell nicht fassen konnte. Sein Blick fragte mit dem Rest der Qual: »Warum so spät?« Seliger antwortete mit einem stummen aber zufriedenem Nicken.

Menow griff zum Telefon, er umspannte den Hörer, presste das Blut aus den Fingern, die Nägel färbten sich weiß. »Mutti, komm bitte in den Laden. Komme sofort!« Er glaubte laut zu sprechen, doch seine Stimme zitterte. Er sah die Tränen seiner Frau. Was konnte er sagen, ohne sie zu erschrecken? Mit fester Stimme beantwortete er ihre Frage, die einzige Frage, die sie stellen konnte, sie hatte seine Erregung gespürt. »Ja, Mutti, Gudrun. Nicht weit von uns. Es geht ihr gut. Ein Herr ist gekommen, dem unsere Ähnlichkeit aufgefallen ist.«

Zwei Männer gaben sich stumm die Hand. Der Vater griff die Schultern des Botschafters und umarmte ihn.

Nach fünfzehn Minuten hastete eine Frau herein: »Wo ist sie?« Selbst die kurze und glatte Frisur ihres brünetten Haares zeigte, mit welcher Hast sie herbeigeeilt war. Sie wischte sich eine graue Strähne aus der Stirn, ihr suchender Blick flog durch den Raum.

»Hier nicht!« Mit verhaltener Hast griff die Mutter nach den Bildern, der allerletzte Zweifel löste sich auf. Auch eine frohe Botschaft verlangt Bestätigung. Sie weinte. Der Tränenfluss steigerte sich und schüttelte sie.

»Wo? Wann? War's nur die Ähnlichkeit, oder hat man die Akte endlich gefunden?« Alle Schatten der nicht erfüllten Hoffnungen fielen von ihr ab. Die schluchzende Frau entspannte sich, alle Vorwürfe: die fotografierten Panzer, die hastige Flucht, ihr Mann wäre verhaftet worden!« Alles verwehte wie eine Düne, man hat Gudrun gefunden.

»Das ist Herr Seliger, der Gudrun auf einem Volksfest entdeckt und fotografiert hat.«

»Wie können wir Ihnen das …?«

»Bitte nicht!«, fiel Alf ihr ins Wort. »Das möchte ich nicht hören. Ich bin einem Zufall dankbar, ohne den nichts geschehen wäre. Das ist alles.«

»Es geschehen noch Wunder.« Die Mutter ergriff das Gefühl einer besonderen Dankbarkeit. Sie umarmte Alf und küsste ihn.

»Morgen, wenn ich bitten darf«, sagte er. »Wir dürfen niemand überrumpeln. Lassen Sie uns vorsichtig planen. Ich werde anrufen, meine Freunde werden alles vorbereiten.« – Den Eltern, besonders der Mutter, fiel das Warten schwer. Für beide näherte sich die letzte aller schlaflosen Nächte.

»Aus familiären Gründen bis Freitag geschlossen!« Das Schild hing Herr Menow am Dienstag früh an seine

Ladentür. »Ja! Es ist wahr! Noch heute sehen wir unsere Gudrun wieder!« So jubelten die Herzen der Eltern.

Seliger hielt vergeblich Ausschau nach dem Russen. »Schade«, sagte er zu sich, obwohl er ihn nicht mitnehmen konnte.

Alf hatte mit Franz telefoniert und ihm den Erfolg mitgeteilt. Vielitz, der den Freund vertrat, schlug vor, die erste Stunde der Begegnung, sollte in seinem Haus stattfinden. »Auch wir empfinden es als einen besonderen Tag.« Er stimmte Alfs Gedanken zu: »Meine Frau wird Gudrun vorbereiten. Wenn es so geschehen soll, dann gehen wir ins Gasthaus zum Essen. Frau Winter richtet ihren kleinen Nebenraum ein. Zum Kaffee bittet Alf die Eltern mit Gudrun dann in den Wohnwagen. Welches Glück uns Alf und sein Wagen bringt.«

Gudrun hatte sich gewundert, die Bilder beim Fischer abholen zu müssen, doch sie erschien schon fünfzehn Minuten vor der Zeit. Sie war stolz, als Erwachsene angesehen zu werden. Auf dem Tisch standen Blumen. Das sah fast feierlich aus, und Frau Vielitz hatte ihr gesagt, sie sollte mit einer großen Freude rechnen, die sie sehr glücklich machen wird. Dabei vermied sie das Wort hoffentlich. Die Freude galt ihr so sicher, wie das Amen in der Kirche zu sein.

»Sind ja schon vergrößert«, staunte Gudrun.

»Man wollte Sie genau – ganz genau sehen.«

»Mich?«

»Ja, Gudrun, Sie.«

Die Augen staunten, der Mund schwieg.

»Was wissen Sie von Ihrer Kindheit? War es Frau Röbler gewesen, die mit Ihnen gebetet hat, als Sie noch klein waren? Sie erinnern sich an diese Frage?«

In Gudruns Blick wuchs das Staunen. Ohne Worte sah sie zu Harald, zum Lehrer.

»Bitte, Gudrun, war es Frau Röbler?«

»Es kann auch eine andere Frau … Ich hab nur eine schwache Erinnerung. Warum fragen Sie?«

»Könnte es eine zweite Frau in Ihrer frühen Jugend gegeben haben, schon vor Frau Röbler?«

Gudrun zuckte mit den Schultern. Eine alte Ahnung erschien ihr zu schwach, um ja zu sagen.

»Haben Sie schon einmal von Republikflucht und Zwangsadoption gehört?«

Die Sechzehnjährige nickte schwach und blieb stumm.

»Dann wollen wir Ihnen Ihre richtigen Eltern vorstellen.«

In diesem Augenblick erschöpfte sich die mit den Eltern abgesprochene Beherrschung, um die Tochter nicht zu überrumpeln. Sie hatte es gut, hatte Glück im Unglück gefunden; doch Gudrun sollte, trotz aller Rechtmäßigkeit, freiwillig zu den Eltern zurückkehren. Die Mutter trat durch die nur angelehnte Tür des Nebenzimmers, ging zwei Schritte vor, hinter ihr kam der Vater. »Gudrun, mein Kind!« Mit dem Aufgebot ihrer letzten Kraft blieb sie stehen, in Gedanken hatte sie ihr Kind schon beim ersten Blick in die Arme genommen, doch die Tochter sollte den ersten Schritt tun.

»Mutti …?«, hauchte Gudrun zaghaft, kam mit zögernden Schritten näher, die Mutter schloss ihr Kind in die Arme. Sekunden später umarmte sie ihren Vater:

»Papa! Mein lieber Papa! Jetzt weiß ich es wieder!« Alles Ahnen, der stumme, nie bestätigte kindliche Verdacht, den sie verdrängt hatte, der aber immer wieder durchbrach, jetzt löste er sich auf und existierte nicht mehr.

Welches Glück fand sich im Wohnzimmer, in der guten Stube der Familie Vielitz? Eltern und Tochter tauschten ihre ersten Erzählungen aus. Gudrun bekannte, es gespürt zu haben, fand aber keine Erklärung wie und wodurch. Seliger schenkte einen Bocksbeutel ein. Das glückliche Ende einer schmerzlichen Trennung tröstete weitaus mehr, als das ehrlichste Mitleid. Franz lieferte die Forellen, den Bäcker bat er, um vier Uhr für fünf Personen Kuchen zum Wohnwagen zu schicken. Dann ging die versammelte Festgesellschaft zum Essen ins Gasthaus – die vereinte Familie Menow, Alf, Franz Vielitz und Frau, Herbert und Bärbel Lenz sowie Harald, ihr Fotograf. Alles verlief in Eintracht. Was aber werden die Adoptiveltern, das seltene Glück im Unglück sagen? Durfte man sie über Bord werfen und Gleiches mit Gleichen vergelten? Könnten sie Widerspruch einlegen? Wie wäre es Gudrun in einem staatlichen Heim ergangen? Die Vergesellschaftung ihrer kindlichen Seele?

Harald Steffen fühlte sich berufen, als sei es eine Stunde gleich der, da er Alfs Kamera gegriffen hatte. Er stand vor dem Bürgermeister, welcher der alte geblieben war. »Lieber Kollege«, so begann er, »du bist die Amtsperson«. In der Stimmung dieser besonderen Stunde verließ er sich darauf, das kollegiale Du alter Zeit wieder verwenden zu können. Als Hauptsache galt ihm, den Mann zum Handeln zu bewegen. »Du bist der Bürgermeister von Fischerhütte! Jetzt handle als solcher! Du kommst um sechzehn Uhr mit der Adoptivmutter in den Wohnwagen. Der Vater kommt nach, das besorgen wir. Die Menschen müssen in Ruhe miteinander sprechen. Wir werden den richtigen Weg finden. Dann wird Gudrun entscheiden – sie schafft es, ich zweifle nicht daran. Wir werden Zeugen sein. Doch schon jetzt wird Frau Röbler sich Sorgen machen, wo das Mädel bleibt?«

»So einfach geht's nicht«, erhob der Bürgermeister Einspruch. »Gudrun wird morgen hier im Gemeindeamt gehört. Ihr besprecht bis dahin alles Notwendige. Wir machen ein Protokoll, du und ich, wir unterschreiben.«

»Natürlich, die Behörde. Du wirst pflichtgemäß den behördlichen Stein ins Rollen bringen. Verständige das zuständige Amt, und wir hoffen, dass unsere Blinden die Akte von gestern finden. Wenn Gudrun es will, dann wird sie morgen mit ihren leiblichen Eltern nach Berlin fahren – wie es vor elf Jahren leider nicht möglich war! Du erinnerst dich?«

Einstimmig rieten alle der Familie Menow, jetzt einen Spaziergang zu machen, die Stunden zu genießen, um nachher das Gespräch mit dem Ehepaar Röbler führen zu können. – Der Sand am Ufer schien so weich wie ein Teppich aus grünem Moos zu sein. Jeder Schritt fand weichen Grund, die Luft schien reiner, es atmete sich leichter, wie ihr Fühlen und Denken, ihr Leben und ihre Liebe zueinander einen neuen Anfang fanden.

Frau Röbler, eine Frau im hellgrauem Sommerkostüm, Mitte vierzig mit rostroter Bluse erschien pünktlich und bat um einen Aufschub. Sie hatte im Betrieb des Mannes angerufen. Er wird verständigt, in dreißig bis vierzig Minuten könnte er hier sein. Gudrun begrüßte die Adoptivmutter mit dem gewohnten Wangenkuss, doch mit einer unbewussten Schüchternheit. Sie stand zwischen Vergangenheit und Zukunft.

»Ja«, sagte Frau Röbler, »mein Mann war in der Partei.« Sie beantwortete die Frage bevor sie gestellt wurde. »Als Betriebsleiter einer Möbelfabrik. Verleumdungen bewirkten seine Entlassung. Die Behauptungen brachen zusammen, nach zwei Monaten nahm er seinen alten Platz wieder ein. – Wir hatten damals von Ihrem Fall gehört und die Adoption beantragt, unsere Ehe war kinderlos geblieben. Das allein war's! Wir haben versucht, das Beste daraus zu machen, wir haben uns vorgestellt, Gudrun sei unser Kind. Es liegt wohl in der Sache selbst, dass so etwas nie voll gelingen kann. Denken Sie bitte daran, was Gudrun erspart blieb.« Frau Röbler wandte sich an ihre Adoptivtochter: »Gudrun, sag ehrlich, hast du es gewusst?«

»Gewusst nicht, aber geahnt, Du weißt, Frauen haben oft so dumme Fragen gestellt, und ihr hattet einmal angedeutet, mir später etwas erzählen zu müssen. Darauf hatte ich gehofft, auf ein paar Worte nur. Oft habe ich mich sehr einsam gefühlt, besonders in den letzten zwei Jahren. Die Ungewissheit wuchs langsam aber ständig. Jetzt möchte ich meine richtigen Eltern kennen lernen.« Der Satz klang deutlich nach einer Absage, obwohl sie ihr nicht leicht gefallen war.

»Seit dem Sturz der Mauer haben mein Mann und ich diese Stunde vorausgesehen. Wir wissen, das Recht ist wohl auf Ihrer Seite, aber Kaffee und Kuchen?« Frau Röbler gestand ihre Verwunderung. »Wenn wir uns anders verhielten, erwiesen wir Gudrun keinen guten

Dienst«, sagte der Vater. »Gehen wir vernünftig miteinander um. Aber welche Stunden meine Frau und ich durchmachen mussten, das ist nicht zu beschreiben. Als wir kaum noch zu hoffen wagten, da haben wir uns vorgestellt, wir hätten unser Kind durch einen Krieg verloren; die furchtbarste aller Möglichkeiten. Ja, man hatte uns unsere Gudrun genommen. Zur Adoption hätten wir sie nie freigegeben! Aber Sie hatten uns das nicht angetan. Sie persönlich haben nicht danach getrachtet, uns ein Leid zuzufügen. Das ist wichtig. Mehr kann ich in dieser Stunde des ersten Tages nicht sagen. Wir dürfen nichts übers Knie brechen.«

»Natürlich nicht. Aber es ist in vielen Fällen so gewesen.« Frau Röbler sah ungeduldig auf die Uhr. Ihr Mann könnte jeden Moment … Sie sah die Chance, es könnte alles so kommen, wie sie es für ihren Mann und sich erhofft hatte, wie es tragbar wäre: »Könnten Sie sich vorstellen, dass Gudrun uns ab und zu, vielleicht auch in den Ferien besucht, um uns die Illusion …?«

Der Vater sah zur Mutter, die ratlos zurückblickte, ihre Augen weit öffnete und die Schultern zu neuer Sorge hochzog. Eine Frage stieg in Menows auf: ›Könnte man Gudrun beeinflussen, und wir sie wieder verlieren? Auch das könnte eintreten?‹

»Nicht am ersten Tag«, sagte der Vater. »Gudrun, wie natürlich meine Frau und ich, wir brauchen Zeit. Lassen Sie uns später darüber sprechen …«

»Bitte Mutti, in den Ferien nach Fischerhütte. Darum möcht‹ ich euch schon bitten.«

Von der Siedlung kam eine Frau mit dem Fahrrad:

Man hatte Herrn Röbler nicht mehr erreicht, er sei schon zu einer Behörde unterwegs gewesen.

»Welch ein furchtbarer Tag. Lässt mich alles allein?«, hauchte die Frau verzweifelt vor sich hin. Sie lehnte sich zurück, als wollte sie das Geschehen dieses Tages, der ihr Leben in wenigen Stunden so brutal verändert hatte, weit von sich weisen. Sie nahm ihr Taschentuch und trocknete die Tränen. »Lassen Sie mich gehen, bis mein Mann kommt. Vielleicht werde ich Gudruns Sachen schon zusammenstellen. Sie fahren ja nicht gleich.«

»In drei Tagen frühestens«, schoss es aus Vater Menow heraus, den das unbeschreibliche Glück in Hochstimmung versetzt hatte und den Weg zu einer sich steigenden Verständigung finden ließ. »Im Augenblick kümmert mich das Geschäft herzlich wenig. Meine Familie interessiert mich. Und die Zeit, von der ich gesprochen habe –, damit waren auch Sie gemeint.« Die Erleichterung und das große Glück veränderten ihn weiter. »Gudrun hilft irgendwann beim Packen. Jetzt trinken Sie bitte Kaffee mit uns. Vielleicht kommt Ihr Mann doch noch. Morgen werden wir beim Bürgermeister ein Protokoll aufnehmen. Das muss wohl sein, für das Jugendamt, und was sonst noch kommen mag. Je mehr ich nachdenke, je mehr möchte ich dem Glück entsprechen: Wir dürfen nicht als Feinde auseinander gehen! Sie haben unserem Kind Gutes getan. Außerdem: Berlin trennt keine Mauer mehr!«

Abermals wischte Frau Röbler zwei Tränen weg. Gudruns Eltern sahen es: »Weinen Sie ruhig, wenn es Sie erleichtert. Wir kennen das sehr gut.«

»Meinen Mann berührt das ebenso, als Mann natürlich etwas anders. Die Adoption hatte er für mich beantragt. Er hat immer alles für mich getan, aber Gudrun wird auch ihm fehlen. Die beiden hatten gut zueinander gefunden … keine Mauer mehr, das sagen wir heute. Bin ich jetzt diejenige, die Glück im Unglück gefunden hat? Ist die Welt doch nicht ganz so schlecht wie es manchmal scheint? … keine Mauer. Was das bedeutet, das wird mir erst jetzt restlos klar. Komm Gudrun, lass dich noch einmal umarmen.«

Eine Stunde später traf der Adoptivvater ein. Die Wohnwagenphilosophen, die erkannt hatten, kein Schwerverbrechen aufgeklärt zu haben, berichteten ohne Vorwurf vom Geschehen der letzten drei Tage. Dieser Mann hatte sich als Retter vor Schlimmerem erwiesen. »Meine Frau tut mir leid«, sagte der etwa Fünfzigjährige, mittelgroße und nicht auffällig wirkende Mann. Er strich über die Stirnglatze und bemühte sich nüchtern zu urteilen: »Seit ich die Nachricht erhalten habe, es mag vor drei Stunden gewesen sein, überlege ich: Es hätte wenig Sinn, einen Aufschub bis zur behördlichen Regelung zu beantragen, wenn Gudrun es so will. Wir täten ihr einen zweiten Schmerz an.« Er überlegte kurz und resümierte sachlich: »Was bleibt uns übrig?« Etwas nervös zog er sein Sakko zurecht. Er stellte keinen Akteur des Unrechts oder der Unmenschlichkeit dar. Sein Staat beging das Verbrechen, der Staat, dem er gedient hatte. Damit musste er zurechtkommen, damit musste er leben wie viele andere auch; doch aufgeben? Das dachte er nicht. »Wir hatten damit gerechnet, dass diese Stunde kommen könnte. Meine Frau wie ich. Aber Berlin ohne Mauer.« Er atmete einmal tief, erkannte er die große

Chance? »Es ging so schnell, zu schnell. Bedenken Sie, gute drei Stunden, oder sollte ich lächerliche drei Stunden sagen? Das erschwerte es, die Tatsache voll zu erfassen, und gerade das hätte ich meiner Frau, besser gesagt, uns allen gern erspart.«

»Darin glaube ich, Sie zu verstehen«, sagte Herr Menow und fuhr fort, was ihm am Herzen gelegen hatte. »Welche Mutter und welcher Vater wäre zu halten gewesen, wenn nach elf Jahren das erste Lebenszeichen, die erste Nachricht eintrifft? Meine Frau und ich, wir haben die Jugend unserer Tochter verloren. Hätten Sie anders gehandelt?«

»Das wohl kaum. – Aber Gudrun, wir möchten dich recht oft wiedersehen.«

Als Herr Menow am Freitag sein Geschäft wieder öffnete, bat Gudrun ihn um die erste Unterweisung hinter dem Ladentisch. Noch hatte sie Ferien.

V Sie nannten ihn Grischa

Die vier Freunde saßen wieder unter dem Vorzelt. Trotz der langen Baumschatten, spendete die Sonne ausreichende Wärme, doch es kam keine rechte Stimmung auf. Das Geschehen der letzten Tage stimmte sie nachdenklich. Vorsichtig mischte Herbert Lenz die Karten, um sie nicht zu knicken. Langsamer tranken sie ihr Bier, das ihnen jetzt, nach Gudruns Heimkehr, besser schmecken müsste, doch es schien, als warte jeder auf das Wort des anderen. Selbst Alf fiel nichts anderes ein, als von der Begegnung mit dem Russen zu erzählen.

»Vorsicht! Wenn denen einer abhaut, dann suchen sie ihn an allen Ecken und Kanten«, mahnte Herbert. »Dat war bei uns nicht anders – damals.« Er strich über das letzte Haupthaar, zog Daumen und Zeigefinger über die etwas knollige Nase, hob die Stimme und stellte mit Betonung fest: »Da haben wir Wunder gedacht, 'nen ganz fetten Fisch … soon Schiet – aber Tütenkram war's ooch nich!«

»Gewiss nicht«, ergänzte Alf. Er sah keinen Fehler darin, die Freunde mobilisiert zu haben. »Unsere Vermutung hätte sehr wohl wahr sein können. Wenn das schnelle Urteil sich auch als falsch erwiesen hat, so haben wir ein Unrecht beendet und dabei das Glück gehabt, keine Übeltäter, sondern Menschen zu finden, ihr Leben und ihr Schicksal. Es konnte nicht besser laufen. Und das wirkliche Empfinden für das Wort, Deutschland teilt keine Mauer mehr, verstärkt sich weiter durch das Miterleben dieses Falles und seines Ausgangs.« Er strich über die Bartstoppeln, suchte keinen Wochentag und setzte den Schluss: »Wir sind reich belohnt worden, weil wir es gewagt hatten!«

Harald fand noch einen Gedanken, eine letzte Unklarheit: »Falls jemand denken sollte, die Adoptiveltern hätten zu selbstsicher und unklug gehandelt. Unsinn! Wer von uns wäre zum Amt gegangen um vorzutragen: ›Ich hab hier ein nicht ganz gesetzmäßiges Adoptivkind. Ich möcht's gern behalten, auch wenn es in zwei Jahren volljährig wird?‹«

»Nun ja«, sagte Alf erlöst, nahm seine Karten auf und fragte: »Ob die Wohnwagenphilosophen vielleicht noch einmal …?«

»Halt!«, stoppte Franz die Rede des Freundes und griente bedeutungsvoll. »Um auch für diesen Fall bereit zu sein, rate ich dringend, ihr angelt morgen erst ein paar Stunden. Das beruhigt die Nerven. Die Ruten stehen im Bootshaus. Ein Netz liegt noch im Kahn. Es ist trocken, lasst es einfach liegen. Ich bin nicht mehr zum Auslegen gekommen. Das Volksfest, ihr könnt's euch denken.«

Herbert Lenz winkte ab, er besäße morgen keine Zeit. Alf bat, das Bier auszutrinken, ein ›Lübecker Rotspon‹ stünde noch aus. Vielitz, der den Wein seit langem kannte, fragte heute zum ersten Mal, ob's an der Ostsee überhaupt Wein gibt?

»Gibt's dort nicht«, erklärte Alf. »Napoleon hatte in den alten Salinen ein Weinlager anlegen lassen, damit sein roter Burgunder in seiner Nähe lagerte, und nicht immer aus Frankreich geholt werden musste. Diese besondere Lagerung überraschte mit einer herzhaften Würze. Die hat Lübeck uns erhalten.«

»Kieck an«, spitzte Lenz, während seine Augen aufleuchteten. »Der Napoleon. Franz, wat säggst du dazu?«

Alf, der eine kleine Wissenslücke zu sehen glaubte, fügte hinzu: »In Berlin hat er Bezirke, Bezirksparlamente, Nummerierung der Straßen und manch anderes eingeführt!«

Der Bauer grinste übers ganze Gesicht. Die lachenden Backen rundeten den Kopf, seine Gedanken schienen ihm, außer dem Staunen der anderen, ein besonderes Vergnügen zu machen. »Dieser böse Napoleon, der Eroberer! Haste dem auch ein ›Ja aber‹ verliehen? Oder machste mit dem 'ne Ausnahme?«

Alf schnitt das Gesicht eines erwischten Hühnerdiebes, schob sein Glas über die glatte Tischplatte an das des Bauern heran und sagte: »Dann prosit, du alter Fuchs.«

Mit verhaltenen Ruderschlägen zog ihr Angelkahn über den See. Die Uhr zeigte die sechste Stunde an. Wortlos steuerten Alf und Harald die Bucht neben der Kanaleinfahrt an, um dort die Angeln auszuwerfen. Sie sprachen kein Wort. Kein Laut hallte über das Wasser und störte die Stille. Vom Schilf, dessen spitze Blätter noch in der Windrichtung des Vortages hingen, tropfte der Niederschlag der Nacht. Langsam versenkten sie einen Feldstein als Anker und flüsterten »Petri Heil.«

»Hier standen früher immer Hechte«, wies Alf halblaut auf die fischreiche Ecke hin.

»Weiß ich.« Auch Harald flüsterte mehr, als er sprach. Nachdem genügend Köderfische im Eimer schwammen, scherzte er: »Und jetzt ran an die Hechte.«

»… hürst du? Im Schilf gluckert's, 'n Hecht?«

Alf schüttelte den Kopf. »Enten- oder Blesshuhnnest.«

Sie lauschten. Es blieb mucksmäuschen still. Harald steckte sich eine Zigarette an. »Bin wieder dabei, es mir abzugewöhnen.« Er hielt Alf die Schachtel hin.

»Bin nach zwanzig Jahren noch immer nicht rückfällig. Hab's, damals aber auch nicht beim ersten Versuch geschafft.«

Ihre Posen schwammen senkrecht im Wasser. Ab und zu schlugen sie ein paar schwächere Ringe. »Unsere Köder, oder kleine Fische wollen mal kosten; sie berühren die Schnur«, erklärte Alf. Hatte das Fischen in den Schulferien ihn zum erfahrenen Angler gemacht? Harald nickte stumm, hob die linke Hand hinter das Ohr und lauschte ins Schilf. Es raschelte erneut. Er scherzte im Flüsterton: »Steht 'ne Ente so früh auf? Keinen Flügelschlag, nicht das leiseste Flattern.« Alf zog den Stein um eine Handbreit hoch. Um tiefer ins Dickicht sehen zu können, ließ er den Kahn an die ersten Schilfhalme treiben. Schon war's wieder still; aus und vorbei. »Komisch«, flüsterten sie und sahen zur gleichen Zeit auf ihre Armbanduhren. »Unser Hecht meldet sich in fast regelmäßigen Abständen.«

Zwei Minuten vergingen. Vier Augen starrten über die Angelruten in den Wald der langen Halme.

»Da«, raunte Alf. »Gerade aus, zehn Meter, da schwimmt etwas. Kannst es sehen?«

»Das runde Ding da? Doch 'n Nest.«

»Nein.« Alf prüfte seinen Köder und spähte dabei unauffällig ins Röhricht. »Es kommt näher. Nicht hinsehen, als hätten wir noch nichts bemerkt. – Ein Kopf? Das kann doch nicht wahr sein.«

Ganz langsam, Zentimeter um Zentimeter schwamm eine Feldmütze auf ihren Kahn zu. Sie hob sich kaum vom gleichfarbenen Röhricht ab. »Ein Toter?« Harald spürte einen kalten Schauer.

Alf blieb weiter unbeeindruckt. »Komm näher«, flüsterte er. »Aber bleib im Wasser.«

Harald kannte sich nicht mehr aus. Verwundert ging sein Kopf hin und her, zum Freund, zur Feldmütze und wieder zurück. Dann wollte er vor lauter Staunen fast erstarren: »Mensch, dat is ja 'n Iwan!«

»Der Russe von der Straße. Das hatte ich euch erzählt. Komm ganz ran ans Boot und bleibe klein. Wir müssen vorsichtig sein. Ist dir jemand gefolgt?«

»Gestern Abend … Pferde, russische Kommandos. Patrouille! Ich viele Stunden im Wasser. Wie Stjepan Rasin manchmal Luft durch Rohr von Schilf. Eine Nacht, eine Ewigkeit, so lang!«

»Hör zu«, sagte Alf über den Rand ihres Kahns, wechselte seinen Köderfisch und sprach weiter: »Ich dreh mich um, angle zur anderen Seite, und du kriechst hinter mir rein. Aber wir bleiben zwei Mann. Keinen dritten Kopf zeigen! Klar?«

Der Kahn schaukelte. Auch Harald griff kurz zu, packte den Hosenbund und zog den zitternden Menschen in den Kahn. Der Russe legte sich flach hin und atmete erleichtert auf. Das Wasser lief aus Stiefeln und Kleidern, als sei er ein Schiffbrüchiger, der das Rettungsboot mit letzter Kraft erreicht hatte. Harald ließ alles ohne Kommentar geschehen. Er wusste von einem geflohenen Russen. Das war alles. Jetzt galt es, einen Plan zu schmieden. »Zieh Kasack, Hose und Stiefel aus.

Etwas zu essen habe ich, auch eine Flasche Bier. Danach kriechst du unter zwei Lagen des Netzes und bist verschwunden. Es ist jetzt sieben Uhr. Bald wird die Sonne dich wärmen.«

Brot und Bier verschlang der Flüchtling in wenigen Sekunden. Er versteckte sich und seine ausgewrungenen Sachen unter dem Netz. »Schlaf, wenn du kannst. Es ist zu früh und wäre auffällig, das Angeln jetzt abzubrechen. Lieber etwas mehr Vorsicht als zu wenig. Man kann nie wissen.«

Nach Alfs beruhigenden Worten schlief der Russe ein. Die beiden Angler hörten ihn ruhig atmen. »Heute Abend erzähle ich dir, warum ich das tue, vielleicht sogar tun muss. Es geschehen Dinge auf unserer Welt, fast möchte ich sie Wunder nennen, die man nie vergisst.«

Harald nickte nur. »Die anderen werden es auch hören wollen.« Sein Blick ging zum Netz mit dem Menschen darin.

»Armer Grischa!«, klagte Alf.

»Warum Grischa?«

»Auch heute Abend.«

»Möchte wissen, was Franz sagt.«

»Bestimmt keine faulen Witze. Schlucken wird er, sein Kehlkopf wird tanzen. Auch könnte er sagen: ›Euch beide kann man nicht allein lassen.‹ Hätte er Unrecht?« Alf warf seine Angel aus.

Am Mittag kam Franz mit seinem Außenborder vorbei und fragte, ob sie sich mit leeren Netzen überhaupt heimtrauten? Sie wiesen ihm drei Barsche und zwei Hechte vor, meinten aber, ein Hecht schliefe noch. In etwa drei Stunden sollte das Tor des Bootshauses offen stehen. Bei Dunkelheit nähme er diesen Hecht dann zu sich in den Wohnwagen mit.

Der Fischer riss die Augen auf und wusste vor Staunen nicht, wo er hinsehen sollte. Als er von einem besonderen Hecht gehört hatte, da schluckte er wie sie's erwartet hatten: »Mit euch beiden hab ich 'nen Fisch im Netz, 'nen bannigen Hecht. Und ich hab mal gedacht, ihr zwei …« Er sah das Unabänderliche, winkte ab und bekannte: »Wie man sich irren kann. Junge, Junge.«

Alf gab ihm eins drauf: »Tragen Fischer und Jäger das Schießen von Böcken gemeinsam? Zum Kaffee sind wir zu Hause. Und vergiss nicht: Lass das Bootshaus auf.«

Ihre Uhren zeigten auf sechzehn Uhr. Sie legten vorsichtig an. Der Russe schlief noch immer. Ein harter Stoß hätte seinen Schlaf beendet. Erst als es dunkelte weckte Alf seinen künftigen Wohnwagengast. Er rief die Freunde mit ihren Frauen zum Fischer.

»Ick häv' doch wösst, dat noch wat kümmt mit die beeden«, machte Herbert Lenz seiner Überraschung Luft. »Und wat passiert nu'? Wohin treckt sich dat? Die häm' doch 'nen Düvel im Kopp! Alle beede. Bringen die den Iwan einfach mit. Mensch, der is doch Soldat!«

Am Abend hielt Alf die Stunde für gekommen, seine Beweggründe zu beichten. Er begann: »Wer weit zurückgreift, der braucht einen einleitenden Satz: Kaum zu glauben, aber auch ein Krieg macht mal 'ne Pause: Es geschah in den ersten Kriegsmonaten: Wegen einer Schweißarbeit mussten ein Kamerad und ich weit zurückfahren. Wir kamen vom Weg ab und gelangten als erste deutsche Soldaten in ein Dorf deutscher Siedler.

Die Kinder waren begeistert, die Älteren trugen den Ersten Weltkrieg und seine sowjetischen Folgen in der Erinnerung: ›Und was bringt ihr uns heute‹? Sie hielten sich reserviert. – Am ersten Heiligen Abend streikte mein Kübelwagen vor einer kleinen Kate. Aus dem Schornstein stieg Rauch auf und verriet Wärme. Bei einem jungen russischen Ehepaar wärmte ich mich auf, und ich spürte in ihrem Verhalten zum erste Mal, Deutsche und Russen könnten gut zueinander finden. – Aber auch den ersten Treck führte man uns vor: Achthundert Meter vor unserer Stellung befand sich wieder ein Dorf deutscher Siedler. Bei dreißig Grad Kälte trieb man die Menschen durch tiefen Schnee. Ein langer schwarzer Wurm kroch durch das blendende Weiß. Kein Pferd, kein Wagen, wohl auf Brettern zogen die Menschen die letzte Habe mit sich. Welch ein Omen. – Eintausend Genesende mit dreihundert Gewehren, so befanden wir uns auf dem Weg zu unseren Fronteinheiten, die wir in Stalingrad nicht mehr erreichten. Auf dem Rückzug vom Don, mit Beutewaffen höchst mangelhaft nachgerüstet, übernahmen wir eine Flankensicherung. Hinter einer Kate wusch und rasierte ich mich, das erste Mal seit dem Abmarsch aus Woroschilowgrad, als zwei Russen auf ihren Panjepferden ahnungslos auf unsere Stellung zu ritten. Zwei Verirrte. Wir ließen sie herankommen, rechneten mit zwei weiteren Pferden und den Gefangenenaussagen. Als wir ›Händehoch‹ in unserem Russisch riefen, da riss einer sein Pferd rum und versuchte zu fliehen. Er hätte den Seinen von unserem wenig aktiven Bild berichtet. Es wäre uns bald sehr schlecht gegangen. Meine Kalaschnikoff lag im Anschlag: ›Schieß auf das

Pferd! Der Küchenbulle wird nicht böse sein!‹ Ein kurzer Feuerstoß, das Pferd brach zusammen, die beiden Russen ergaben sich. Der forsche Reiter jedoch hielt den rechten Arm an den Oberkörper. Ein Schuss drückt die Waffe zurück und zieht den Lauf hoch. Ich hatte ihn getroffen. Die Kameraden führten den Zweiten zum Chef, ich nahm den Verwundeten, ging mit ihm zur Kellertreppe des einzigen aus Steinen gebauten Hauses und gab ihm ein Zeichen, den Oberarm frei zu machen. »Du, warum dawai? Warum du abhauen?« Er erriet meine Frage, denn ich hopste wie ein Steppke auf dem Steckenpferd. Hatte er bei der Entdeckung schon ein ungläubiges Gesicht gemacht, wuchs sein Staunen, als ich mein Verbandspäckchen nahm und seinen Steckschuss verband. Damit kannten wir uns langsam aus. »Sie werden euch 'nen dollen Scheiß über uns erzählt haben?« Weiter fragte ich: »Du Prawda? Ich Machorka.« Er nickte, zog ein Blatt aus der Tasche, ich riss zwei kleine Streifen ab. Der Russe drehte trotz seiner Verwundung. Nur eine Minute später rauchten wir beide. – ‹Krieg ist Wahnsinn, absoluter Wahnsinn! Es ist unmöglich, das noch deutlicher zu produzieren›? Auch für diesen jungen Burschen, auf den ich geschossen hatte, betete eine Mutter! – Zehn Jahre später, in der Kneipe eines Freundes in Ostberlin: Als wir den Krieg bis in die Nacht verflucht hatten, begleitete ein russischer Leutnant mich bis kurz vor den Schlagbaum. Dort kämmte ich mein Haar mit fünf Fingern. Das galt als letztes Winken.

Zwanzig Jahre danach sagte mir eine ältere in Frau in Moskau, die den Krieg in Leningrad erlebt hatte: »Auf dieser Welt geht alles vorüber …« Sie bat mich, die Menschen in Moskau nicht zu vergessen. Unmöglich! Von einer spreche schon wieder –, von Mütterchen Russland.«

Aljoscha, so hieß der junge Russe, saß auf dem Tritt des Wohnwagens, um darin zu verschwinden, falls unangemeldeter Besuch sich näherte. Verstohlen wischte er mit einer Hand über die Augen. Unter den Feinden von gestern hatte er seine Retter gefunden. Doch was wissen sie vom Leid der deutschen Bauern im zaristischen und im sowjetischen Russland? – «Vor etwas mehr als einhundert Jahren hatte der Zar ihnen das Privileg gekündigt, nicht Soldat werden zu müssen. Nun sollten sie doch in der Armee dienen. Tausende wanderten aus. Auch nach Kanada. In den Tagen der Olympiade tanzten alle kanadischen Volksgruppen zwischen den Hochhäusern von Montreal. Auch Deutsche, die einmal an der Wolga gelebt hatten. Er ist ein Verwandter, ein Bruder von ihnen und uns. Schon öfter habe ich vom deutschen Dorf, von Moskau und anderem erzählt. ›Kilometersteine‹ hab ich es genannt, weil darin etwas Nicht-Alltägliches erzählt wird.«

Fast eine Minute sprach keiner ein Wort. Dann raffte Aljoscha sich auf und sagte, was er empfand: »Habe Dank, Brüderchen, Gott schütze dich.«

»Heute Morgen hab ich Grischa gesagt«, schaltete Harald sich ein. »Es rutschte mir einfach raus. So betitelte Arnold Zweig einen Roman, der auch 1933 verbrannt wurde: Gegen Ende des Ersten Weltkrieges flieht ein Russe aus deutscher Kriegsgefangenschaft. Er gerät in die Mühlen der deutschen Militärjustiz. Wer versucht ihn zu retten, wer befiehlt seinen Tod? Aljoscha darf durch uns kein zweiter Grischa werden!«

Die siebenköpfige Gruppe von Frauen und Männern schwieg, bis Herberts Frau sich zu Wort meldete. Durch ihre stämmige Figur und die meist zusammengezogenen Lider, konnte man Härte in ihr vermuten, doch ihr guter Kern lag in einer rauhen Schale: »Du heißt Aljoscha?«, fragte sie. Der Russe nickte.

»Das heißt bei uns Joachim?« Wieder nickte der junge Bursche, hob aber zugleich die Schultern. Er wusste es selbst nicht und harrte der Dinge, die nun auf ihn zukämen. Er entnahm der Stille wie der Spannung, die alle erfasst hatte, dass die kleine Frau etwas sagen wollte, was zu vergessen eine Sünde wäre.

»Joachim, hör zu. Warum bist du weggelaufen? Warum?« Sie fragte und sah ihn an, ohne mit der Wimper zu zucken. »Aljoscha, vielleicht verlierst du für immer deine Heimat, vergiss deine Mutter und deinen Vater nicht!«

»Hab ich getan. Vater ist Ingenieur. Arbeitet an neue Schweißtechnik für Aluminium. Geheim. Ausreise nach Deutschland? Njet! Kamerad von Stab mir geflüstert, Befehl gekommen, mich zurückschicken, raus aus Deutschland. Ich sofort weg. Nix vorbereiten, einfach weg. Ganz schnell. Hab keinen Mantel. Nächte sind kalt. Weiß nicht wie weiter.« Er zeigte auf Seliger. »Der Freund mir schon einmal geholfen. Zwanzig Mark. Viel Geld! Als deutsche Soldaten bei uns, da wollte Vater nach Deutschland. In die Pfalz. Adresse immer bei mir. Ganz alte Verwandte. Verstehst?«

»Alles gut und schön«, sagte Vielitz nachdenklich. »Wir verstossen gegen ein Gesetz, wir machen uns strafbar! Was geschieht, wenn wir erwischt werden?«

Alf gab die Antwort: »Die Russen machen kaum noch Straßenkontrollen, sie bereiten ihren Abzug vor. Und wer ein Mensch bleiben will, der lehnt jedes Gesetz ab, das nicht dem Menschen, sondern dem Unterdrücker dient. Wer alles still hinnimmt, der versündigt sich an seinen Nachkommen. Deshalb sag ich's immer wieder. Die Aufgabe an den Kindern ist keine zeitweilige, sie ist eine immer währende! Wir haben die Folgen der Unachtsamkeit zweimal erlebt und dafür büßen müssen. Man sagt uns Deutschen nach, wir sind auf einer Seite die besten Russen, auf der anderen die besten Amerikaner. Finden wir endlich zu uns selbst. Aljoscha gehört zu uns! Wenn morgen wieder eine Willkür gegen die Menschen wütet, dann fragt brav nach dem Gesetz des Tyrannen!«

»Genug geredet!«, wandte Bärbel Lenz ein. Weil der Wohnwagen nahe der Straße stand, und die Fischerei unweit daneben lag, schlug sie vor, Aljoscha zu ihnen zu bringen. »Unser Haus liegt am Waldrand. Da kann er baden, sich ausschlafen, andere Wäsche und Kleidung anziehen. Aber kein Wort! Bringt ein paar Sachen mit, die ihm passen könnten. Die von meinem Dickerchen, darin versackt er, darin fällt er auf.«

Vielitz nannte Bärbel ein Ass und hoffte, Aljoschas Verwandte hätten Telefon, dann wäre alles in Butter. Da aber das Vorhaben auch Gefahren barg, hielten alle sich an das Wort der resoluten kleinen Bäuerin. Alf suchte gleich ein paar Sachen heraus, Franz fuhr noch am Abend mit dem Rad bei seinem alten Freund vorbei, wo Aljoscha eine Stunde in der Badewanne gesessen hat. Jetzt aß er Bauernwurst und Brot aus der deutschen Heimat, die er noch nicht kannte. Sein Glück schien ihm kaum fassbar, und morgen probiert er die Sachen an.

Seliger besaß etwas vom Omen seines Namens. Er zeigte sich mutig, ohne zimperlich zu sein, und oft tat er nichts ohne äußerste Vorsicht. Man konnte in ihm beinahe einen Priester vermuten. Um im Telefonbuch der Pfalz zu suchen, ging er nicht in Fischerhütte zur kleinen Poststation, er fuhr in eine zwanzig Kilometer entfernte Stadt. »Dort kennt uns keiner, falls jemand 'nen besonders interessierten Freund hat. Vorsicht bleibt die Mutter der Porzellankiste.« Er fand Namen, Nummer und Anschrift eines Sägewerks. »Keine große Stadt«, berichtete er. »Und wenn's ein Dorf ist. Da findet er leichter eine neue Heimat«, hofften die Wohnwagenphilosophen. »Aljoscha«, machten sie ihm Mut, »alles sieht gut aus. Mit deinen Verwandten hast du das große Los gezogen. Vielleicht kannst du bei ihnen sogar arbeiten? Das geschieht auch in Deutschland nicht alle Tage.«

»Glück nur mit Verwandtschaft, mit euch nicht?«

»Telefonieren könnt ihr bei mir,« bot Franz an.

»Als ich die Nummer bekommen hatte, hab ich gleich angerufen.«

»Na und, was ist los?«, tönte es im Kreis.

»Es war keiner zu Hause. Dem automatischen Beantworter habe ich im Telegrammstil gesagt: ›Besuch ist angekommen, rufen Sie bitte zurück.‹ Habe Franz Nummer angegeben. Die hatte ich im Kopf. Heute ist Freitag. Könnte Montag werden,« meinte Alf.

Aljoscha störte die kleine Verzögerung nicht. Stand sie doch in keinem Verhältnis zu dem weiten Weg, der hinter ihm lag. Er staunte: »Ein Märchen. In Russland glaubt das kein Mensch.«

»Ist gar nicht notwendig. Es sieht gut aus. Auch in Deutschland hatten Menschen damals einen solchen Weg gesucht. Zweifel und Kopfschütteln sind nicht angebracht, doch wir dürfen nicht zu früh jubeln. Noch sind russische Truppen im Land, noch ist Vorsicht geboten. Sonst sitzt er morgen wieder im Schilf, und wir müssen wieder angeln.« Alle lachten. Warum? Es galt doch, eine ernste Mahnung ernst zu nehmen? Alf erinnerte an den Krieg: »Je dicker es kam, je mehr blödelten wir. Manchmal«, schwächte er den Vergleich: »Und manchmal, das war verdammt oft. – Also, Aljoscha wird kein zweiter Grischa!«

Montag Vormittag klingelte das Telefon. Franz nahm den Hörer ab und hörte eine Stimme im fremden Dialekt: »Sie wundern sich?«, unsere Väter hatten schon vor dem Krieg die erste Verbindung aufgenommen. Das wusste ich. Seit dem Fall der Mauer hielt ich einen solchen Kontakt für nicht mehr unmöglich. Unvorbereitet bin ich also nicht.« Franz erzählte, wie und wo sie Aljoscha gefunden hatten. Weiter nannte er den Namen Friedland, das Lager für Umsiedler.

»Sie können sich vorstellen, das Ereignis stand im Mittelpunkt aller Gespräche, die übers Wochenende in unserer Familie geführt wurden. Natürlich kann ich mir mit großer Wahrscheinlichkeit denken, was auf uns zukommt, sonst wäre es mir schwer gefallen …, das werden Sie verstehen. Keiner kennt den anderen, doch ich möchte wie mein Vater handeln. Wir sind gespannt auf unseren russischen Verwandten und nehmen ihn auf. Unser Sohn wird ihn in den Betrieb einführen. Wir werden sehen, ob wir miteinander arbeiten und leben können. Beide Seiten haben das Recht zurückzutreten. Das muss sein. Doch einen zuverlässigen Mitarbeiter, den kann man immer gebrauchen; auch das bitte ich zu verstehen. Und Friedland? Er stand plötzlich bei uns auf dem Hof. Ein LKW hatte ihn mitgenommen. Wollen Sie ihn nach Friedland zurückschicken? Inzwischen hab ich ihn bei uns angemeldet. Vielleicht kann man das mit dem Lager schriftlich erledigen? Er befindet sich bei Verwandten in Lohn und Brot.« Sie unterhielten sich eine halbe Stunde. Alf überraschte die kaum zu erwartende Bereitschaft, denn was wäre geschehen, wenn der Verwandte nicht …? Dafür schlug er vor, Aljoscha nicht im Dorf abzuholen. Ein fremder Wagen fällt auf, wenn er nicht vor dem Gasthof steht. Der Pfälzer notierte Alfs Berliner Anschrift mit Telefonnunmmer. »Je eher desto besser, dann ist er in Sicherheit.« Sie verabredeten den nächsten Sonnabend, um am Sonntag zurückzufahren. Beide Seiten hofften, auch bei der schnellen Entscheidung, das Richtige getan zu haben und beendeten ihr Gespräch mit besten Wünschen.

»Sonnabend«, sinnierte Aljoscha: »So schnell Freunde geworden. Bärbel und Herbert sagen, sie haben einen Sohn. Ich komme wieder nach Fischerhütte, wo meine Freiheit hat angefangen, wo zwei Angler mich aus dem Wasser gezogen haben. Auf der Straße werde stehen und rufen: »Ich bin Aljoscha! Ich wünsche euch allen einen Guten Tag! Meine Freunde hatten keinen zweiten Grischa zugelassen! Euer Dorf ist ein schönes Dorf mit guten Menschen!« Alf und Harald fotografierten. Die Bilder werden sie ihm nachschicken, denn ihr Freund wird vorher in der Pfalz ankommen.

Es kam die Stunde des Abschieds. Alle umarmten sich und küssten die Wangen nach russischer Sitte. Wie leicht die Bräuche der Nachbarn übernommen werden können. Echter Friede herrscht erst dann, wenn jeder an den Gräbern der anderen Seite, den gleichen Schmerz empfindet wie bei den eigenen Söhnen und Brüdern. Auf der ganzen Welt gibt es in den Tränen der Mütter keinen Unterschied. Erst wenn die Kinder vor jeder Art der Wiederholung sicher sind, erst dann ist jene Vergangenheit bewältigt!

Der Wagen rollte an. Alf fuhr, Harald saß neben ihm. Aljoscha lag hinten mehr als er saß. Wegen des kahlen Kopfes hatte Bärbel ihm eine Mütze von Herbert aufgesetzt.

Nachdem beide aus Berlin zurückgekommen waren, setzten sie sich wieder unter die alte Linde, und jeder gab das Seine, am Bild vom anderen Ufer.